실비/오렐리아

▲

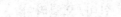

# 실비/오렐리아

제라르 드 네르발

최애리 옮김

▲

문학과지성사

**옮긴이 최애리**

서울대학교 및 같은 과 대학원에서 불어불문학을 공부했고, 중세 문학
연구로 박사 학위를 받았다. 옮긴 책으로 크레티앵 드 트루아의 『그라
알 이야기』, 크리스틴 드 피장의 『여성들의 도시』, 자크 르고프의 『연
옥의 탄생』, 버지니아 울프의 『댈러웨이 부인』, 앙리 보스코의 『이아
생트』 등이 있으며, 지은 책으로 여성 인물 탐구 『길 밖에서』 『길을 찾
아』가 있다.

**문지 스펙트럼 세계 문학**

# 실비/오렐리아

제1판 제1쇄   1997년 7월 22일
제2판 제1쇄   2020년 5월 8일

지은이     제라르 드 네르발
옮긴이     최애리
펴낸이     이광호
주간       이근혜
편집       박지현
펴낸곳     ㈜문학과지성사
등록번호   제1993-000098호
주소       04034 서울 마포구 잔다리로7길 18 (서교동 377-20)
전화       02) 338-7224
팩스       02) 323-4180(편집)   02) 338-7221(영업)
전자우편   moonji@moonji.com
홈페이지   www.moonji.com

ISBN 978-89-320-3629-8 03860

이 도서의 국립중앙도서관 출판예정도서목록(CIP)은 서지정보유통지원시스템 홈페이지
(http://seoji.nl.go.kr)와 국가자료공동목록시스템(http://www.nl.go.kr/kolisnet)에서
이용하실 수 있습니다.(CIP제어번호: CIP2020016632)

# 차례

일러두기

1. 이 책은 Gérard de Nerval의 "Sylvie"와 *Aurélia*를 우리말로 옮긴 것이다.

2. 「실비Sylvie」는 1853년 8월 15일 『르뷔 데 되 몽드*Revue des Deux Mondes*』
   에 처음 게재되었고, 이듬해에 단편집 『불의 딸들*Les Filles du Feu*』에 수록되
   었다.

3. 『오렐리아*Aurélia*』는 『르뷔 드 파리*Revue de Paris*』에 두 번에 나뉘어 — 제1
   부는 1855년 1월 1일, 제2부는 사후인 2월 15일 — 게재되었다.

4. 번역 대본으로는 주로 Henri Lemaître가 편집한 Classiques Garnier판을 썼고,
   Pléiade판과 Larousse 및 Bordas의 주석판, 그리고 Penguin판 영역본을 참고
   했다.

5. 인명, 지명 등 고유명사의 외래어 표기는 국립국어원 외래어 표기법에 따랐다.

6. 이 책에서 원주는 (원주)로 표시하고, 옮긴이 주는 따로 표시하지 않았다.

7. 원문의 이탤릭체 부분을 이 책에서는 볼드체로 표기했다.

# 실비

발루아의 추억

# 1
## 잃어버린 밤

나는 어느 극장에서 나오는 길이었다. 매일 저녁 나는 구애자와도 같이 성장盛裝을 하고 무대 옆 특별석에 나타나곤 했었다. 때로는 모든 것이 충만하고, 때로는 모든 것이 공허했다. 고작 서른 명가량의 억지 애호가로 메워진 1층 뒷좌석이나 구식 모자며 의상으로 채워진 발코니석들을 바라보는 일, 아니면 화려한 의상, 반짝이는 보석, 환한 얼굴로 층층이 뒤덮여 활기차게 웅성거리는 객석의 일부가 되는 일 따위는 내게 아무 흥미도 일으키지 못했다. 장내의 광경에 무관심했던 내게는, 무대 위의 광경도 별다를 것이 없었으니, 다만 그 무렵의 지루한 걸작 가운데 제2막인가 3막에서, 홀연 낯익은 모습이 환영처럼 나타나 텅 빈 공간을 비추고, 단 한 번의 숨결, 단 한 마디 말로, 나를 에워싸고 있던 허상들에 생기를 불어넣을 때만이 예외였다.

나는 그녀 안에서 살고 있다고 느꼈으며, 그녀는 나만을 위해 사는 것이었다. 그녀의 미소는 나를 무한한 행복감으로 가득 채웠으며, 그토록 부드러우면서도 낭랑하기 그지없는 목소리의 울림은 나를 기쁨과 사랑으로 전율케 했다. 그녀는 내가 바라는 모든 완벽함을 지니고 있었으며, 내 모든 열정과 모든 변덕에 그대로 화답해주었다. 아래쪽에서 비치는 각광脚光을 받을 때면 햇빛처럼 눈부시게 아름다웠고, 각광이 내려지고 위쪽에서 비치는 샹들리에 불빛만으로 좀더 자연스럽게 보일 때면 밤처럼 창백하게, 어둠 속에서 자신의 아름다움만으로 빛나곤 했다. 마치 헤르쿨라네움[1] 벽화들의 빛바랜 배경 가운데서 이마에 별을 달고 선연히 나타나는 시간의 여신들[2]과도 같은 모습이었다!

1년이 다 되도록, 나는 그녀가 실제로 어떤 여자인지 알

---

1 79년에 베수비오 화산의 폭발로 매몰되었던 고대 도시.

2 자연과 사회의 질서를 관장하는 호라이 여신들을 가리킨다. 이들은 본래 에우노미아아(질서), 디케(정의), 에이레네(평화) 세 명이었으나, 후대에 하루 열두 시간과 결부되어 열두 명이 되었다. 『환상시집 Les Chimères』 중 「아르테미스 Artémis」의 "열세번째가 돌아오도다…… 그것이 다시금 첫번째 / 그리고 그것이 항상 유일한〔여인, 시간〕. 혹은 유일한 순간 La Treizième revient... C'est encore la première; Et c'est toujours la Seule, ou c'est le seul moment" 같은 구절에서도 보듯이, 시간 속에서 무수히 다른 모습으로 나타나는 여인들에게서 유일한 연인이자 영원한 여신을 찾으려는 것은 네르발에게 고정관념과도 같은 것이다. 그러므로 천년 이상 매몰되었던 헤르쿨라네움의 빛바랜 벽화는 그녀들이 나타나는 극히 자연스러운 배경을 이룬다.

아보려는 생각을 해본 적이 없었다. 나는 내게 그녀의 모습을 비추어주던 마법의 거울을 흐려놓게 되지나 않을까 두려웠고, 그래서 여배우가 아닌 여인으로서의 그녀에 관해서는 간혹 풍문이나 듣는 정도였다. 그런 풍문에 대해 나는 엘레이아의 공주나 트레비존드의 여왕[3]에 관해 떠돌 수 있는 소문에 대해서만큼이나 관심을 갖지 않았으니, 18세기 말년에 사셨던 내 숙부 한 분은 몸소 체험해본 사람만이 아는 식으로 그 시절을 아는 분이었는데, 일찌감치 내게 귀띔해주시기를 여배우들이란 여인들이 아니며 자연은 그녀들에게 마음을 만들어주는 것을 잊어버렸다고 하셨었다. 그는 물론 그 시대의 여배우들을 두고 말씀하셨을 테지만, 자신이 겪었던 환멸에 관해 그처럼 많은 이야기를 들려주셨고, 상아에 새긴 조상彫像들, 훗날 담뱃갑을 장식하는 데 쓰이게 된 매혹적인 원형 초상화들, 노랗게 변한 편지들, 애정의 징표인 빛바랜 비단 리본들을 숱하게 보여주시면서, 거기 얽힌 사연과 결말을 들려주시곤 했으므로, 나는 시대의 맥락과는

3 '엘레이아'는 고대 그리스의 한 지방이고, '트레비존드 제국'은 십자군이 콘스탄티노플을 점령한 뒤 비잔틴 제국의 후예가 흑해 연안에 세웠던 나라다. "엘레이아의 공주나 트레비존드의 여왕"이란 각기 몰리에르의 희곡 *La Princesse D'Elide*(1964)와 19세기 초에 오페레타로 인기를 얻었던 *La Princesse de Trébizonde*(1869)의 주인공이니, 둘 다 '이야기 속 먼 나라의 공주'를 말한다.

상관없이 여배우라면 모두 나쁘게 생각하는 버릇이 들어 있었다.

그 무렵, 우리는 이상한 시대에 살고 있었다. 위대한 치세의 쇠락이나 혁명에 뒤이어 오는 시대들이 대개 그렇듯이 말이다.[4] 하지만 그렇다고 해서, 프롱드 시절의 영웅적인 호색, 섭정기의 우아하고 가식적인 악덕, 집정 내각하에서의 회의주의와 광적인 주연酒宴 같은 것은 더 이상 없었으며,[5] 그 무렵에 있었던 것은 활기와 주저, 게으름과 찬란한 이상향들, 철학적이거나 종교적인 열망들, 무엇인가 새롭게 태어나려 하는 본능이 섞인 막연한 열정들, 그리고 지난날의 불화에 대한 염증, 불확실한 희망 등등이 온통 뒤섞인, 마치 페레그리노스와 아풀레이우스의 시대와도 같은 무엇이었다.[6] 물질적인 인간은 자신을 거듭나게 해줄, 아름다

4 1830년 7월혁명 이후의 시대에 대해 말하고 있다.
5 프롱드의 난(1648~1653)은 루이 13세와 재상 리슐리외의 치세에 뒤이어 어린 루이 14세와 재상 마자랭의 통치에 맞서 일어난 반란, 섭정기(1715~1723)는 루이 14세의 치세에 뒤이어 오를레앙 공 필리프 2세가 어린 루이 15세의 섭정을 맡았던 시기, 집정관 시대(1795~1799)는 프랑스혁명에 이어 다섯 명의 집정관이 다스렸던 시기. 각기 위대한 치세 또는 혁명에 뒤이은 시기들이다.
6 페레그리노스는 그리스 풍자 작가 루키아노스(125~192)의 작품에 나오는 주인공으로, 처음에는 그리스도교도가 되었다가 뒤에는 견유철학자가 되었으며, 이집트와 로마에서 물의를 일으키고 마침내 165년의 올림픽

운 이시스 여신의 장미 꽃다발을 동경했으며,[7] 영원히 젊고 순결한 여신은 어둠 속에서 우리에게 나타나 우리가 잃어버린 낮의 시간을 부끄러이 여기게 만들곤 했다. 하지만 야망은 우리 시대의 것이 아니었고, 지위와 명예를 얻기 위한 당시의 탐욕스러운 쟁탈전은 우리를 가능한 활동 영역들에서 멀어지게 했다. 우리에게 남은 피난처는 시인들의 저 상아탑뿐이었으니, 우리는 군중들로부터 멀어지기 위해 마냥 더 높이 올라갔다. 우리의 스승들이 우리를 인도해간 그 높은 곳에서, 우리는 마침내 고독의 순수한 공기를 호흡했고, 전설의 황금 잔으로 망각을 마셨으며, 시와 사랑에 취했다. 아아, 사랑! 막연한 형상들, 장밋빛과 푸른빛의 음영들, 형이상학적인 환영들! 가까이서 보면, 현실의 여인은 우리의 순진함을 배반하곤 했다. 그녀는 여왕이나 여신으로 나타나야 하며, 결코 가까이 다가가서는 안 되는 것이었다.

그래도 우리 중 몇몇은 이런 플라토닉한 역설들에 별

경기에서 분신자살했다고 한다. 아풀레이우스(125경~170경)는 동방의 신비주의에 심취했던 로마 작가다. 허구와 실제의 이 두 인물은 각기 제교 혼효주의의 방황을 나타낸다.

7 아풀레이우스의 대표작 『변신』, 일명 『황금 당나귀』의 주인공은 마법에 대한 호기심 때문에 실수로 당나귀로 변하며, 여러 가지 모험과 고생을 겪은 끝에 이시스 여신의 도움으로 인간의 모습을 되찾게 해줄 장미꽃을 발견하고 여신에게 귀의한다.

로 개의치 않았고, 우리가 되살린 알렉산드리아의 꿈들 사이사이로[8] 이따금씩 지하 신들의 횃불을 흔들곤 했지만,[9] 횃불은 그 불꽃의 여운으로 잠시 어둠을 밝혀줄 뿐이었다. 그리하여 사라진 꿈이 남기는 씁쓸한 서글픔을 가지고 극장에

**8** 고전고대 말기에는 극단적인 회의주의와 더불어 온갖 신비주의가 성행했으며, 알렉산드리아는 그런 신비적 제교혼효주의, 특히 신플라톤주의의 온상이 되었다. "우리가 되살린 알렉산드리아의 꿈들"이란 그런 신플라톤주의적 이상, 앞 문단의 표현을 빌리면 "물질적인 인간이 자신을 거듭나게 해줄, 아름다운 이시스 여신의 장미 꽃다발을 동경"하는 것이 될 터이다.

**9** 이 대목은 흔히 네르발의 다른 작품 『동방 기행』 중 아도니람의 이야기에 나타나는 '카인주의'와 연관 지어 설명되곤 하는데(솔로몬의 도편수 아도니람은 투발-카인의 인도로 지하 세계에 가서 자신의 선조들인 불의 종족을 만나게 된다. 이들은 빛의 천사 에블리스가 에바의 품에 심은 불꽃으로부터 태어난 카인의 후예로서 인류 문명을 창조한 진정한 강자들이며, 진흙으로 빚어진 아담의 후예들을 구속하는 한계를 넘어선다), 조르주 풀레의 다음과 같은 설명은 전후 맥락을 좀더 확실히 밝혀준다. "알렉산드리아의 신플라톤주의와는 대조적으로, 여기서는 더 동물적이고 더 어두운 또 다른 이교가 환기되고 있다. 이는 '밤의 예배에 바쳐진 트로글로디트들'의 이교이며, '지하의 비너스' '검은 비너스'의 이교로서, 아말렉 여인을 어머니로 하여 '심연의 성녀'로 육화되며 '요정의 비명들'로 표현되는 '절망의 종교들'이다. 네르발은 수차례 이 어둠의 종교들에 대해 언급했으니, 때로는 그것에 두려움을 가지기도 했지만 때로는 애착을 표명하기도 했다. 그에게서는, 불붙은 어둠의 예배에 대한 신앙과 천상의 빛에 대한 사랑이 끊임없이 엇갈린다"(G. Poulet, *Trois Essais de Mythologie romantique*, pp. 28~29).

서 나오는 길이면, 나는 기꺼이 클럽 사람들과 어울리곤 했다. 거기서는 여러 사람이 함께 밤참을 드는 가운데, 불꽃 튀듯 날카롭고 격렬한, 때로는 숭고하기까지 한 몇몇 재기才氣의 지칠 줄 모르는 기세 앞에서 어떤 우울도 물러서곤 했으니, 그런 재기는 개혁기 혹은 쇠퇴기에 으레 있게 마련인 것으로, 그 토론의 열기가 극에 달할 때면 우리 중 심약한 이들은 이따금씩 창가로 다가가 이 수사학자들과 현학자들의 논의를 단칼에 베어버릴 훈족이나 투르크멘족 아니면 코사크족이라도 나타나지 않나 기웃대기도 했다.

"마시세, 사랑하세, 그것이 지혜라네!"라는 것이 젊은 층의 유일한 신조였다. 그중 한 사람이 내게 말했다.

"같은 극장에서 만난 지도 퍽 오래되었군. 여기 올 때마다 말일세. 어느 여배우 때문에 오는 건가?"

어느 여배우냐고? 내 생각에는 다른 어떤 여배우 때문에도 거기에 올 수 있을 것 같지 않았다. 하지만 나는 이름을 댔다.

"아 그래!" 하고 그는 선선히 말했다. "저기 그녀를 바래다주고 오는 행운아가 보이나. 우리 클럽의 규칙대로, 아마 밤이 다 지나서야 그녀에게 돌아갈 걸세."

별 감정 없이, 나는 그가 가리키는 인물을 향해 시선을 돌렸다. 그는 말끔히 차려입은 청년으로, 창백하고 신경질적인 얼굴에 예의 바른 태도였으며, 눈에는 우수와 온화함이 역력히 서려 있었다. 그는 휘스트 테이블에 금화를 던지고는 무심히 잃어버리곤 했다.

"아무러면 어떤가." 나는 말했다. "저 친구든 다른 사람이든, 누군가 하나 있어야 했겠지. 그리고 내 보기엔 저 친구도 선택받을 만한데."

"그럼 자네는?"

"나 말인가? 내가 따라다니는 건 어떤 영상일 뿐, 그 이상은 아니라네."

나오는 길에, 나는 독서실을 지나치다가, 버릇처럼 신문을 보았다. 주식 시세를 보기 위해서였을 것이다. 얼마 남지 않은 내 재산 중에 상당한 액수의 외국 증권이 있었다. 오랫동안 경시되던 그 증권이 다시금 인정받게 되리라는 소문이 이미 돌고 있었으니, 최근에 내각이 바뀌면서 일어난 일이었다. 주가는 벌써 아주 높게 평가되어 있었다. 나는 다시 부유해질 참이었다.

그렇듯 상황이 달라졌다는 데서 떠오른 생각은 단 한 가지, 그토록 오랫동안 사랑해온 여인이, 내가 원하기만 한다면 내 것이 될 수도 있으리라는 것이었다. 나는 내 이상에 손이 닿게 된 것이었다. 이 또한 환상이요, 사람을 우롱하는 착각이 아닐까? 그러나 신문의 다른 면들도 같은 사실을 전하고 있었다. 갑자기 들어온 거액의 돈이 마치 몰록[10]의 황금상처럼 내 앞에 우뚝 섰다. '아까 그 청년은 뭐라고 할까?' 나

16

는 생각했다. '만일 그가 혼자 두고 온 여인 곁의 자리를 내가 차지한다면?' 그 생각이 나를 전율케 했고, 내 자존심이 반발을 일으켰다.

아니! 그럴 수 없어. 내 나이에 황금으로 사랑을 죽이지는 않아. 매수자가 되진 않겠어. 게다가 그것은 다른 시대의 생각이었다. 그 여자가 돈에 팔리는 여자라고 누가 말했던가? 내 시선은 여전히 들고 있던 신문을 막연히 더듬었고, 두 줄의 기사가 눈에 들어왔다.

**"지방의 꽃다발 축제**. 내일 상리스의 궁수들은 루아지의 궁수들에게 꽃다발을 건네주게 된다."

극히 간결한 이 몇 마디 말이 내 가슴속에 새로운 영상들을 불러일으켰으니, 그것은 오래전에 잊어버렸던 고향의 추억, 어린 날의 순진한 축제들의 아득한 메아리였다. 뿔피리와 북 소리가 멀리 마을과 숲속으로 울려 퍼지는데, 젊은 처녀들은 화환을 엮고, 노래를 부르며, 리본으로 장식한 꽃다발을 꾸몄다. 황소들이 끄는 묵직한 수레가 지나는 길에 이 선물들을 받아 실었고, 그 고장 아이들인 우리는 활과 화살을 들고 기사인 양 뽐내며 행렬을 이루었다. 하지만 그러면서 우리는 자신들이 왕조들과 종교들이 바뀌는 가운데서도 살아남은 드루이드교의 축제를 세세연년 반복하고 있다

**10** 구약성서에 나오는 우상의 이름.

는 것은 모르고 있었다.[11]

11 『불의 딸들』에 실린 다른 작품 「앙젤리크」에 이런 대목이 있다. "어떤
마을들에서는 가장 큰 명절이 성聖 바르텔레미 축일이다. 큰 상이 걸린
활쏘기 대회가 열리는 것도 그날이다. 오늘날 활은 썩 대단한 무기가 못
된다. 하지만 그것이 상징하고 상기시키는 것은 무엇보다도 저 거친 실바
넥트족이 켈트 부족들의 위세당당한 지파를 이루던 시대다." 그러나 드루
이드(옛 켈트족의 사제)들은 신앙 내용을 문자화하는 것을 금기시했기 때
문에 드루이드교에 대해 구체적으로 알려진 것은 별로 없으며, 따라서 활
쏘기 축제와 드루이드교 축제와의 관계도 명백히 밝히기는 어렵다.

# 2
# 아드리엔

나는 자리에 들었으나 잠을 이룰 수 없었다. 어슴푸레한 잠결에, 내 어린 날의 온갖 정경들이 기억을 스쳐 갔다. 이런 상태, 정신이 아직 꿈의 기묘한 조합들에 저항하는 상태에서는, 삶의 긴 기간에 걸쳐 가장 두드러진 장면들이 불과 몇 분 안에 밀어닥치는 것을 종종 볼 수 있다.

내 눈앞에는 앙리 4세[1] 시절의 성관城館과 판암板岩으로 덮인 그 뾰족한 지붕들, 노랗게 바랜 석재가 요철 모양으로 모퉁이를 장식한 불그스레한 정면, 느릅나무와 보리수에 둘러싸인 드넓은 풀밭, 그리고 그 나뭇잎 사이로 비쳐드는 석양의 불붙은 햇살이 떠올랐다. 소녀들이 그녀들의 어머니들로부터 전해 내려오는 옛 가락들을 노래하며 잔디 위에서 원무圓舞를 추고 있었는데, 그 노랫말이 하도 자연스럽고 순수하여, 마치 천년 전부터 프랑스의 심장이 고동쳐온 그 옛

1 프랑스 왕(1553~1610, 재위 1589~1610). 발루아 왕조의 마지막 왕 앙리 3세에 이어, 부르봉 왕조의 초대 왕이 되었다.

날의 발루아²에라도 와 있는 듯한 느낌이 들었다.

　나는 그 원무 속의 유일한 소년으로, 이웃 마을 소녀 실비를 데리고 갔었다. 검은 눈에 또렷한 이목구비, 볕에 약간 그을린 살결이 그토록 생기 있고 발랄하던 어린 소녀!……나는 그녀만을 사랑했고, 그녀밖에는 보이지 않았었다. 적어도 그때까지는 그랬었다! 우리가 추던 원무 가운데 아드리엔이라는 이름의 훤칠하고 아름다운 금발 소녀가 있다는 것도 미처 알지 못했었다. 그런데 갑자기, 춤의 규칙에 따라, 아드리엔만이 나와 함께 원의 한복판에 있게 되었다. 우리는 키가 엇비슷했다. 소녀들은 우리에게 키스를 하라고 했고, 춤과 합창은 한층 더 힘차게 우리 주위를 돌았다. 키스를 하면서, 나는 그녀의 손을 잡지 않을 수 없었다. 그녀의 길고 둥글게 말린 금빛 머리칼이 내 뺨을 스쳤다. 그 순간 알 수 없는 동요가 나를 사로잡았다. 아름다운 소녀는 원무 속으로 돌아가기 위해 노래를 불러야 했다. 우리는 그녀 주위에 둘러앉았고, 이윽고 청아하고 가슴을 파고드는 음

2 파리 근교 동북쪽에 위치한 고장으로 일찍이 로마 시대부터 중요시되었으며, 프랑스 최초의 두 왕조(메로빙거, 카롤링거)의 왕들은 인근에 사냥감이 풍부한 숲이 있는 이 지방에 자주 머물렀다. 카페 왕조(987~1328)의 초대 왕인 위그 카페도 이곳에서 대관식을 치렀으며, 카페 왕가의 방계 혈족이던 이 지방 영주들이 왕위에 오르면서 발루아 왕가(1328~1589)가 시작되었다.

성, 그 안개 자욱한 고장 소녀들의 음성이 대개 그렇듯이 엷은 베일에 싸인 듯한 음성으로, 그녀는 사랑과 우수에 가득 찬 저 옛 연가들 중 하나를 노래했으니, 그런 연가들은 늘상 사랑을 했다는 이유로 아버지에게 벌을 받아 탑에 갇히게 되는 공주의 불행을 이야기하게 마련이었다. 노래는 매 소절마다 저 떨림음의 여운, 나이 든 여인들의 떨리는 음성을 절묘하게 흉내 내는 젊은 음성들을 한층 돋보이게 해주는 여운으로 맺어지곤 했다.

그녀가 노래를 하는 동안, 큰 나무들은 차츰 그늘을 드리웠고, 떠오르는 달빛은 빙 둘러앉아 귀 기울인 무리의 복판에 홀로 선 그녀만을 오롯이 비추었다. 그녀가 입을 다물자, 아무도 감히 침묵을 깨뜨리지 못했다. 풀밭에는 옅은 안개가 끼어, 그 하얀 덩어리들을 풀잎 끝에 풀어놓고 있었다. 우리는 낙원에라도 있는 듯했다. 나는 마침내 일어나서 성의 화단으로 달려갔고, 거기에는 단색으로 농담을 달리하여 칠한 커다란 도기陶器 화분들에 월계수들이 심겨 있었다. 나는 가지 둘을 꺾어다가, 왕관처럼 엮어 리본으로 묶었다. 아드리엔의 머리 위에 월계관을 얹자, 그 윤나는 잎새들은 그녀의 금빛 머리칼 위에서 창백한 달빛을 받아 반짝였다. 그녀는 마치 단테의 베아트리체, 성역聖域의 가장자리를 방황하는 시인에게 미소 짓는 베아트리체처럼 보였다.

아드리엔은 일어섰다. 그 날씬한 몸을 일으켜, 우아하

게 절하고는 성안으로 달려 들어갔다. 그녀는 프랑스의 옛 왕들과 인척 관계에 있는 가문의 한 후손의 손녀라고들 했다. 그녀의 핏줄에는 발루아 가문의 피가 흐르는 것이었다. 축제 덕분에 그녀는 우리의 놀이에 어울려도 좋다는 허락을 받았었지만, 우리는 그녀를 다시 볼 수 없었다. 다음 날 그녀는 기숙생으로 있던 수도원으로 다시 떠났던 것이다.

실비에게 돌아온 나는 그녀가 울고 있는 것을 보았다. 노래하던 저 아름다운 소녀에게 내 손으로 씌워준 월계관이 울음의 이유였다. 나는 그녀에게 그런 것을 또 하나 만들러 가자고 했지만, 그녀는 그런 것을 갖고 싶지 않으며 가질 자격도 없노라고 말했다. 나는 애써 자신을 변명하려 했지만, 그녀는 집까지 바래다주는 동안 단 한마디 말도 하지 않았다.

나 또한 공부를 계속하기 위해 다시 파리로 불려가야 했으므로, 나는 서글프게 끝나버린 애틋한 우정과 이루어질 수 없는 아련한 사랑이라는 이중의 영상을 가슴에 품고 떠났으며, 그 사랑은 중학교의 철학 수업으로는 가라앉힐 수 없는 고통스러운 상념들의 원천이 되었다.

오직 아드리엔의 모습만이 또렷하게 남아서, 혹독한 학업의 시간들을 달래주고 함께해주는 영광과 미美의 신기루가 되어주었다. 이듬해 방학에, 나는 단 한 번 흘긋 보았을 뿐인 그 아름다운 소녀가 가족의 결정에 따라 성직에 바쳐졌다는 것을 알게 되었다.

# 3
## 결심

꿈결처럼 되살아난 이 추억으로 모든 것이 명백해졌다. 극
장의 여인에게 품었던 저 막연하고 희망 없는 사랑, 매일 저
녁 연극이 시작되는 시간부터 잠자리에 드는 시간까지 나
를 사로잡고 놓아주지 않던 사랑의 근원은 아드리엔의 추억
에, 창백한 달빛을 받아 피어난 밤의 꽃, 하얀 안개 서린 푸
른 풀밭 위로 미끄러져 가던 장밋빛과 금빛의 환영에 있었
던 것이다. 여러 해 전에 잊어버렸던 모습이 이상하리만치
생생히 떠올라왔다. 마치 미술관에 걸려 있던 대가들의 오
래된 크로키들이 다른 곳에서 찬란한 원화原畵로 다시 발견
되듯이, 세월에 희미하게 지워졌던 연필화가 선명한 그림으
로 되살아나는 것이었다.

여배우의 모습을 통해 수녀를 사랑한다는 것! 게다가
그것이 같은 여자라면! 미칠 만한 일이 아닌가! 그것은 마치
늪 터의 골풀 위로 달아나는 도깨비불에 홀리듯 알지 못할
무엇인가에 끌려가는 치명적인 유혹이다…… 이제 다시 현
실에 발을 딛자.

그런데 내가 그처럼 사랑했던 실비를, 3년 전부터는 왜 잊고 있었던 것일까?…… 그녀는 무척 예쁜 소녀였고, 루아지에서는 가장 미인이었는데!

그녀는 살아 있다. 분명 착하고 깨끗한 마음 그대로일 것이다. 포도 덩굴이 장미나무에 얽혀 있는 그녀의 창문, 왼쪽에 걸려 있는 꾀꼬리 조롱이 눈에 선하다. 울려 퍼지는 물렛가락 소리와 그녀가 좋아하는 노랫소리가 들리는 것만 같다.

아름다운 아가씨는 앉아 있었네
흐르는 냇물 곁에……

그녀는 아직도 나를 기다리고 있다…… 누가 그녀와 결혼했겠는가? 그녀는 그처럼 가난한데!

그녀의 마을에는, 그리고 주변 마을들에도, 손이 거칠고 깡마른 얼굴에 검게 그을린, 작업복 차림의 순박한 농부들밖에 없었다! 그녀는 나를, 루아지 근방의 아저씨 댁에 내려오곤 하던 파리 소년만을 사랑했다. 그 아저씨도 이제는 고인이 되셨고, 3년째, 나는 아저씨가 남겨주신 수수하나마 평생 살아가는 데 부족하지 않았을 재산을 귀족인 양 탕진해왔다. 실비와 함께였더라면, 그 재산을 간직할 수 있었으련만. 그런데 우연은 내게 그 일부를 돌려주었다. 아직도 때는 늦지 않았다.

지금 이 시간, 그녀는 무엇을 할까? 자고 있겠지…… 아
니, 그녀는 자고 있지 않다. 오늘[1]은 활쏘기 축제, 밤새도록
춤을 추는 1년 중 유일한 축제일이다. 그녀는 축제에 있을
것이다……

몇 시나 되었을까?

나는 시계가 없었다.

그 시절의 유행대로 오래된 아파트의 고풍스러운 분위
기를 살리기 위해 수집하던 온갖 화려한 골동품들 중에 르
네상스 시대의 귀갑龜甲 괘종시계 하나가 있었다. 시간의 여
신을 이고 있는 금빛 나는 둥근 지붕은 메디치 양식의 여인
상주女人像柱들로 떠받쳐져 있었으며, 또 그 여인상들은 뒷발
로 반쯤 일어선 말들 위에 서 있었다. 숫자판 위에는 역사상
의 인물인 디안[2]이 사슴에 기댄 모습으로 부조되어 있었고,
흑금黑金을 씌운 바탕에는 시간을 나타내는 숫자들이 에나
멜로 상감象嵌되어 있었다. 시계 장치는 분명 훌륭한 것이겠
지만, 지난 200년 동안 태엽이 감긴 적이 없었다. 내가 투렌

---

1 1장 주11에서 보듯이 이 지방의 활쏘기 축제는 성 바르텔레미 축일, 즉
8월 24일에 열렸다.
2 앙리 2세의 애인이었던 디안 드 푸아티에Diane de Poitiers(1499~1566)
를 가리킨다. 그녀는 자신을 모델로 하여 사슴을 타고 있는 수렵의 여신
디아나를 조각하게 했었다.

에서 그 괘종을 산 것은 시간을 보기 위해서가 아니었다.

나는 문지기 집으로 내려갔다. 그의 뻐꾹시계는 새벽 1시를 가리키고 있었다. 네 시간이면 루아지의 무도회에 도착할 것이었다. 팔레 루아얄 광장에는 클럽이나 도박장의 단골들을 위해 아직 대여섯 대의 삯마차가 서 있었다.

"루아지로!" 나는 먼저 눈에 띄는 마차에 대고 소리쳤다.

"그게 어디요?"

"상리스 근처, 여덟 마장쯤 되오."

"역참까지 모셔다 드리리다." 마부는 급할 것 없다는 투로 말했다.

플랑드르로 가는 이 길은 밤이면 얼마나 쓸쓸한가! 길은 숲 지대에 이르러서야 아름다워진다. 희미한 형체를 내보이며 단조롭게 이어지는 두 줄의 나무들, 그 너머로는 왼쪽으로 몽모랑시, 에쿠앙, 뤼자르슈의 푸르스름한 능선에 둘러싸인 네모진 풀밭들과 파 엎은 밭들. 여기가 바로 고네스, 리그[3]와 프롱드[4]의 추억들로 가득한 평범한 고을이다……

---

3 16세기 프랑스의 종교전쟁 중 신교도의 대대적인 학살(성 바르텔레미 사건. 7장 주1 참조)에 이어 잠정적 평화가 수립되었는데, 이에 반발한 가톨릭교도들은 앙리 드 기즈를 우두머리로 동맹(리그)을 결성하여 반란을 일으켰다. 내부 분열과 외세의 간섭 등으로 동맹이 실패하고 앙리 드 기즈가 암살된 데 이어 앙리 4세가 즉위하면서 종교전쟁은 막을 내리게 된다.

루브르를 지나면 사과나무가 늘어선 길이 나온다. 나는 그 꽃들이 어둠 속에서 마치 땅 위의 별처럼 빛나는 것을 여러 번 보았었다. 그것이 마을로 가는 가장 가까운 길이었다. 마차가 언덕을 오르는 동안, 내가 자주 그곳을 찾던 시절의 추억들을 되새겨보자.

4 1장 주5 참조.

# 4
# 키테라 여행


몇 년이 지난 후였다. 성관 앞에서 아드리엔을 만났던 그 시절도 이미 어린 날의 추억에 지나지 않게 되었다. 나는 마침 수호성인의 축일[1]에 루아지에 가 있었다. 다시금 활을 든 기사들과 어울려, 예전처럼 그 일원이 되었다. 축제를 준비한 것은 그 일대 숲속에 버려진 성들, 혁명보다는 세월에 더 낡은 몇몇 성을 아직도 소유하고 있는 오랜 가문 출신의 젊은 이들이었다. 샹티이에서, 콩피에뉴에서, 상리스에서, 유쾌한 무리들이 말을 타고 달려와서는 궁수 부대의 소박한 행렬에 끼어들었다. 여러 마을을 지나는 긴 행진에 이어, 교회에서 미사를 드린 뒤에 활쏘기 시합과 시상식이 있었고, 승자들은 식사에 초대되어 포플러와 보리수가 그늘을 드리운 섬으로 가게 되었다. 노네트 강과 테브 강이 흘러드는 호수들 중 한 호수 가운데 있는 섬이었다. 작은 깃발들로 장식된

---

1 '활쏘기 축제'가 열렸다는 것으로 보아 역시 성 바르텔레미 축일을 말하는 듯하다(1장 주11 참조).

배들이 우리를 그 섬으로 실어 갔는데, 그곳이 선택된 것은 축제 장소로 적당한 타원형의 열주식列柱式 신전이 있기 때문이었다. 에름농빌과 마찬가지로 그 일대에도 18세기 말의 경쾌한 건축물이 도처에 있었으니, 당시의 백만장자 철학자들도 설계에 있어서는 시대적 취향을 본받았던 것이다.[2] 내 생각에 그 신전은 본래 우라니아[3]에게 봉헌된 것이었을 터

**2** 구체적으로 어떤 철학자들을 가리키는지는 명백하지 않으나, 「앙젤리크」에 이런 대목이 있다. "혁명이 있기 몇 해 전, 에름농빌의 성은 묵묵히 미래를 준비하는 계명주의자들les illuminés〔신으로부터 내적인 비침을 받아 초월적 지식에 이를 수 있다고 믿었던, 18세기 말~19세기 초의 신비주의를 illuminisme이라고 하는데, 계몽주의와는 용어상으로나 시기적으로 비슷하고 또 실제로 상통하는 부분도 있었으므로, 엇비슷하면서도 다른, 그리고 어원적으로도 충실한 "계명啓明주의"라는 역어가 어떨까 한다〕의 회합 장소였다. 저 유명한 에름농빌의 밤참에는, 생-제르맹 백작, 메스머, 칼리오스트로 등이 차례로 나타나, 영감이 풍부한 대화 가운데서 훗날의 이른바 주네브 학파가 이어받은 사상 및 역설을 개진했던 것이다. 내 생각에는 스코틀랜드〔아마도 스코틀랜드를 중심으로 발전했던 프리메이슨회를 가리키는 듯하다〕의 아라스 지부 창설자의 아들이었던 젊은 날의 로베스피에르 씨氏와, 아마도 좀더 나중에는 세낭쿠르, 생-마르탱, 뒤퐁 드 느무르, 카조트 등도 이 성이나 아니면 모르트퐁텐의 르 펠티에 성에 와서 낡은 사회의 개혁들을 주장하는 기발한 착상들을 발표했을 터이다. 당시의 사회는, 젊디젊은 이마에 가짜로 늙은 티를 내는 분가루를 바르는 유행에 있어서조차, 전면적인 변화의 필요를 노정하고 있었다"(인용문 중 〔 〕 안의 설명은 옮긴이 주). 에름농빌 영주였던 르네 드 지라르댕과 그가 지은 건물들에 대해서는 「실비」 8장에서 좀더 이야기된다.

이다. 세 개의 원주가 쓰러지면서 기둥머리 일부가 함께 떨어져 나와 있었으나 내부는 말끔히 치워져 있었고, 원주들 사이에는 꽃줄이 걸려 있었으니, 이 현대적 폐허, 호라티우스의 이교보다는 부플레르나 숄리외의 이교에 속하는 폐허가 새롭게 꾸며진 것이었다.[4]

호수를 건너는 것은 아마도 와토[5]의 키테라 여행을 환기하기 위한 발상이었을 것이다.[6] 우리의 현대식 복장만이

---

**3** 아홉 뮤즈들 중 한 명으로 천문학을 관장하는 여신의 이름이지만, 때로는 천상의 비너스를 가리키는 이름으로 쓰이기도 한다. 네르발은『동방기행』중 키테라 여행의 대목에서도 천상의 비너스에게 바쳐진 신전을 언급했었다.

**4** 호라티우스Flaccus Quintus Horatius(BC 65~BC 8)는 로마 시인, 부플레르Stanislas de Boufflers(1738~1815)와 숄리외Guillaume Amfrye de Chaulieu(1639~1729)는 18세기의 군소 시인으로, 로코코풍 신고전주의 시를 썼다. 고전고대가 아니라 그것을 모방한 신고전주의 양식 건물이라는 뜻이다.

**5** Antoine Watteau(1684~1721). 프랑스 화가. 에름농빌에 사는 친척들이 있어서, 그 일대의 풍경에서 영감을 얻곤 했다고 전해진다. 그의「키테라로의 출항Embarquement pour Cythère」은 비너스가 태어난 '사랑의 섬' 키테라로 여행을 떠나는 남녀의 무리를 그린 이른바 아연화雅宴畵의 대표작인데,「앙젤리크」에 따르면 이 작품도 "이 고장의 투명하고 아련한 안개 속에서 구상된 것"이라고 한다.

**6** 이 대목에서 작가는 와토의 그림뿐 아니라, 그가 이미『동방 기행』의 키테라 여행에서 언급한 바 있는 프란체스코 콜로나(1449~1527)의『폴리필로의 꿈』을 염두에 두었던 것으로 보인다. 가난한 화가였던 콜로나는

환상을 깨뜨렸다.[7] 수레에 실려 온 거대한 축제 꽃다발이 큰 배 위로 옮겨졌고, 관습대로 줄지어 수레를 따르던 흰옷 입은 소녀들은 긴 걸상에 자리 잡았으며, 고대로부터 되살아난 듯한 그 우아한 행렬은 고요한 물 위에 그림자를 드리웠다. 물 건너 저편의 섬은 산사나무 수풀이며 신전의 기둥들, 그리고 성근 잎들이 저녁 햇빛에 온통 붉게 물들어 있었다. 배들은 곧 물가에 닿았다. 격식을 갖추어 운반된 꽃바구니가 식탁 중앙을 차지했고, 모두들 자리를 잡았다. 우대되는 손님들은 소녀들의 옆자리에 앉게 되었으니, 그러기 위해서는 그녀의 부모를 잘 알기만 하면 되었다. 내가 실비 곁에

명문가의 딸과 사랑에 빠졌으나 현실에서 이룰 수 없는 사랑을 내세에 이루기로 기약하고 각기 수도원에 들어갔다. 이 사랑 이야기를 알레고리적으로 표현한 작품이 『폴리필로의 꿈』이다. 『동방 기행』에 인용된 바에 의하면, 연인인 폴리필로와 폴리아는 현실의 장벽을 넘어 꿈속에서 함께 여행하곤 했다는데, 그중 비너스의 섬인 키테라에 가서 사랑의 서약을 하는 대목에 바닷가의 신전, 화관을 쓴 여사제들, 백조, 바닷물이 담긴 항아리, 조가비와 장미로 장식된 바구니에 묶인 산비둘기 등등이 나온다. 「실비」의 키테라 여행에 나오는 물가의 신전, 화관 쓴 소녀들, 거대한 축제 꽃바구니에 묶인 백조 등은 그런 모티프들의 변용이라 볼 수 있으며, 따라서 화자話者와 실비의 섬 여행은 폴리필로와 폴리아의 사랑의 서약이 이루어지는 키테라 여행을 배경으로 하는 것이라 할 수 있다.

7 와토의 그림은 18세기의 복식으로 색색의 수자繡子 옷을 입은 목동들과 목녀들이 꽃줄로 장식된 배를 타고 꽃핀 물가를 향해 가는 장면을 보여준다.

앉게 된 것은 그 때문이었다. 축제에서 이미 만난 그녀의 오빠는 내가 자기네 집에 오지 않은 지 너무 오래되었다며 나무랐다. 나는 공부 때문에 어쩔 수 없이 파리에 있어야 했다고 변명했고, 이번에는 그들을 방문하기 위해 내려온 것이라고 말했다. "아니, 날 잊어버렸기 때문이야. 우린 촌사람들인데, 파리는 저 위에 있거든" 하고 실비가 말했다. 나는 그녀의 입을 막기 위해 키스하려 했지만, 그녀는 여전히 토라져 있다가, 오빠가 달래자 하는 수 없다는 듯 심드렁한 태도로 볼을 내밀었다. 그 키스는 다른 많은 사람들도 얻을 수 있는 것으로, 내게 아무런 기쁨도 주지 못했다. 지나가는 사람들끼리도 인사를 주고받는 이 한집안 같은 고장에서, 키스란 선량한 사람들 사이의 예절 바른 인사에 불과한 것이다.

한 가지 놀라운 일이 축제 진행자들에 의해 준비되어 있었다. 식사가 끝날 무렵, 우리는 커다란 꽃바구니 밑바닥으로부터, 그때까지 꽃 밑에 붙잡혀 있던 야생 백조가 날아오르는 것을 보았다. 백조는 그 힘찬 날개로 뒤얽힌 꽃줄과 화관들을 밀어 올리더니, 마침내 그것들을 사방으로 흩으면서 솟구쳐 오르는 것이었다. 새가 마지막 햇빛을 향해 기쁨에 찬 비상을 하는 동안, 우리는 손에 닿는 대로 화관들을 주워가지고는 옆에 앉은 소녀의 이마에 씌워주었다. 나는 운 좋게도 가장 아름다운 화관 중 하나를 주웠으며, 실비는 상냥하게 웃으며 이번에는 아까보다 다정하게 키스에 응

했다. 나는 이렇게 해서 예전의 서운한 기억을 지우게 되는 구나 싶었다. 이번에는 나도 마음껏 그녀의 아름다움을 칭찬할 수 있었으니, 그녀는 그만큼 아름다워져 있었던 것이다! 그녀는 더 이상 저 시골 소녀, 더 늘씬하고 더 기품 있는 소녀 때문에 내가 무시했던 어린 소녀가 아니었다. 그녀에게 있는 모든 것이 한층 더 빛을 발하고 있었다. 어릴 적부터 그토록 매혹적이었던 검은 눈의 매력은 이제 거역할 수 없는 것이 되었으며, 활처럼 휘어진 눈썹 아래 반듯하고 단정한 생김새를 문득 환하게 하는 그녀의 미소에는 무엇인가 아테네적인 것이 있었다. 그녀 동무들의 수수하고 명랑한 모습 가운데서 고대 예술에나 걸맞은 그녀의 자태를 나는 감탄의 눈으로 바라보았다.[8] 길고 섬세한 손, 희고 탐스러운 팔, 날씬하게 드러나는 몸매는 이전에 내가 보았던 소녀와는 전혀 딴판이었다. 나는 그녀에게 그녀가 얼마나 몰라보게 달라졌는가를 말하지 않을 수 없었고, 그러면서 예전에 잠시나마 한눈을 팔았던 것에 대한 보상이 되기를 바랐다.

한편, 모든 것이, 그녀의 오빠와의 우정이라든가, 축제

8 여기서 "아테네적인" 미소라든가 "고대 예술에나 걸맞은" 자태라든가 하는 것 역시 불변의 미의 이상에 대한 동경을 드러내주는 대목이다. 화자는 시골 소녀 실비에게서 순수한 미의 원형을 엿보는 것이다.

의 매혹적인 인상, 저녁녘의 시간, 정취 어린 발상으로 그 옛
날 아연雅宴의 영상을 그대로 되살린 장소까지도 내게 우호
적이었다. 우리는 틈만 나면 춤추는 무리에서 빠져나와, 어
린 시절의 추억을 이야기하며 나무 그늘과 물 위에 비치는
하늘을 꿈꾸듯 바라보곤 했다. 실비의 오빠가 부르러 왔을
때에야 우리는 깊은 상념에서 깨어났다. 그들의 집은 꽤 먼
마을에 있었으므로 그만 돌아가야 할 시간이 된 것이었다.

# 5
# 마을

루아지에 있는 산지기의 옛집까지 나는 그들을 데려다주고,
몽타니[1]로 향했다. 나는 그곳의 아저씨 댁에 묵고 있었다.
루아지와 생퓍-S…… 사이의 작은 숲을 가로지르기 위해 길
에서 벗어난 나는 곧 에름농빌의 숲을 따라 나 있는 깊숙한
오솔길로 접어들었다. 그러고는 만나게 될 수도원 담장을
반 마장가량 따라갈 요량이었다. 달은 간간이 구름 뒤로 숨
어버려 우중충한 사암 바위들과 발밑에 우거진 히스 덤불을
가까스로 비추고 있었다. 오른쪽에도 왼쪽에도 딱히 길이라
고는 없는 숲 가장자리가 펼쳐져 있었고, 내 앞으로는 줄곧
이 고장의 드루이드 바위들이 로마인들에게 전멸당한 아르
멘[2]의 자손들을 기념하고 있었다! 그 숭엄한 돌무더기 위에

---

1 네르발의 "아저씨"에 해당하는 실제 인물인 외종숙부의 집은 모르트퐁
텐에 있었고, 「실비」에서 주인공의 여정도 몽타니보다는 모르트퐁텐을
기점으로 하는 편이 더 자연스럽게 이해된다. 이런 지명 변경은 자신의
실제 경험과 작품 사이에 일정한 거리를 두고자 하는 작가의 의지에서 나
온 것이라 볼 수 있다. 「실비」의 여정이 실제의 지형 지리와 항상 일치하
지 않으며 다분히 상상적이라는 점은 종종 지적되곤 한다.

올라서니, 멀리 안개 자욱한 들판 가운데 거울처럼 선명히 윤곽을 드러내는 연못들이 보였으나, 어느 것이 축제가 열렸던 그 연못인지는 분간이 가지 않았다.

대기는 포근하고 향기로웠다. 나는 더 멀리 가지 않고 거기 히스 덤불 위에 누워 아침을 기다리기로 했다. 잠에서 깨었을 때 나는 밤에 길을 잃었던 곳의 인근 지점들을 조금씩 알아보았다. 내 왼쪽으로는 생–S…… 수도원의 담장이 길게 이어져 있었고, 골짜기의 다른 쪽에는 장–다름의 작은 언덕 위에 옛 카롤링거 시대 저택의 허물어져 가는 폐허가 있었다. 거기서 멀지 않은 곳에는, 덤불숲 위쪽으로, 티에르 수도원의 높다란 누옥들이 클로버와 아치 모양의 창문이 뚫려 있는 벽면들을 지평선 위로 뚜렷이 드러내고 있었다. 그 너머에는 옛날처럼 물에 둘러싸여 있는 퐁타르메의 고딕식 장원이 곧 아침의 첫 햇살을 반사할 것이었고, 남쪽으로는 투르넬의 높은 주루主樓와 베르트랑–포스의 탑 네 개가 몽멜리앙의 맨 먼저 보이는 언덕들 위에 서 있었다.

나에게는 감미로운 밤이었으며, 나는 실비만을 생각했다. 하지만 수도원이 보이자, 어쩌면 그것이 아드리엔이 사

---

2 게르만 부족의 하나인 케루스키의 족장으로, 게르만 부족 연맹을 구성하여 로마제국에 대항하다가 로마 장군 게르마니쿠스에게 정복당한 아르미니우스(독일명 헤르만, BC 18/17~AD 21)를 가리킨다.

는 수도원일지도 모른다는 생각이 스쳤다. 아침 종소리가 아직도 귓전에 남아 있는 것으로 보아, 분명 그 소리가 나를 깨운 모양이었다. 한순간 나는 가장 높은 바위 위로 기어 올라가 담장 너머로 들여다볼 생각도 했지만, 곰곰이 생각해보니 신성모독이 될 것만 같아 그만두었다. 날이 밝아오자 헛된 추억은 머리에서 사라지고, 실비의 장밋빛 얼굴만이 남았다. '그녀를 깨우러 가자' 하고 나는 생각했고, 루아지로 가는 길을 되짚어갔다.

마을은 숲을 따라가는 오솔길 맨 끝에 있었다. 스무 채 가량 되는 조촐한 집들의 담벼락에는 포도 덩굴이며 장미 넝쿨이 자라고 있었다. 아침 일찍부터 실 잣는 여자들이 머리에 붉은 수건을 쓰고 농장 앞에 모여 일하고 있었다. 실비는 그녀들 가운데 없었다. 그녀의 부모님은 여전히 마음씨 좋은 촌사람들이었지만, 그녀는 섬세한 레이스를 제작하면서부터 거의 숙녀 대접을 받고 있었다. 나는 아무와도 마주치지 않고 그녀의 방으로 올라갔다. 벌써 오래전부터 일어나 있었던 듯, 그녀는 레이스 짜는 얼레를 움직이고 있었다. 무릎에 받친 녹색 방석 위에서 얼레는 조용히 달그락거렸다. "왔군요, 이런 잠꾸러기 같으니." 그녀는 더없이 아름다운 미소를 띠며 말했다. "이제 겨우 자리에서 빠져나온 게 분명해요!" 나는 그녀에게 꼬박 새운 지난밤을, 그리고 숲과 바위들 사이에서 길을 잃고 헤매었던 것을 이야기해주었다. 그녀는 잠시 진심으로 나를 동정했다. "당신이 피곤하지만 않다면, 좀더 돌아다니게 하고 싶은데요. 대고모님[3]을 뵈러 오티스에 가요." 내가 대답을 하자마자, 그녀는 명랑하게 일어나 거울 앞에서 머리를 손질하고는 투박한 밀짚모자를 썼다. 그녀의 눈은 순진함과 기쁨으로 빛났다. 우리는 테브 강변을 따라 길을 떠나, 들국화와 미나리아재비가 곳곳에 피어 있는 풀밭을 지나고 생로랑의 숲을 따라가며, 이따금 지름길로 가기 위해 개울과 수풀을 가로질렀다. 나무에서는 티티새들이 지저귀었고, 우리의 발길이 스치는 덤불에서는 박새들이 경쾌하게 날아오르곤 했다.

때로 우리는 발밑에서 루소가 그처럼 좋아하던 빙카꽃이 잎사귀들이 마주 달린 긴 가지 사이에서 푸른 꽃송이들을 피워내는 것을, 내 여자 친구의 날렵한 발걸음을 멈추게 하는 수수한 칡 넌출들을 발견하곤 했다. 주네브 철학자[4]의

---

3 'grandtante'는 '대고모' '종조모' 등 집안의 할머니뻘 되는 이들을 가리키는데, 뒤에서 실비는 그냥 'tante'라고 부르기도 한다. 정확한 친인척 관계를 적시하는 명칭밖에 없는 우리말로는 딱히 옮기기 어렵다. 여기서는 '대고모님'이라 밝히고, 실비가 'tante'라고 말할 때는 그냥 '아주머니'로 옮기기로 한다.
4 주네브 출신인 장-자크 루소를 가리킨다. 루소는 말년에 에름농빌 성주 르네 드 지라르댕의 초대로 성관에 머물렀고, 인근에서 식물 채집을 하며 소일했다.

추억 같은 것에는 아랑곳없이 그녀는 여기저기 향기로운 딸기를 찾아다녔고, 나는 그녀에게 『신新 엘로이즈』에 대해 이야기하며 그 몇 대목을 외워주었다.

"재미있는 얘긴가요?" 그녀가 물었다.

"더할 나위 없답니다."

"오귀스트 라퐁텐[5]보다 더요?"

"훨씬 더 감동적이지요."

"오! 그럼 나도 읽어봐야겠네요. 오빠가 다음에 상리스에 가게 되면 그걸 사다 달라고 해야겠어요."

실비가 딸기를 따는 동안 나는 계속하여 『엘로이즈』의 몇 대목을 암송했다.

---

5 August Lafontaine(1758~1831). 당시 유행하던 소설을 쓴 독일 작가.

# 6
## 오티스

숲이 끝나는 곳에서, 우리는 높이 자란 자줏빛 디기탈리스
덤불을 만났다. 그녀는 그것으로 커다란 꽃다발을 만들며
내게 말했다. "아주머니께 드리려고요. 침실에 이렇게 예쁜
꽃을 놓아두면 아주 기뻐하실 거예요." 오티스까지는 벌판
을 가로질러 조금만 더 가면 되었다. 몽멜리앙에서 다마르
탱으로 이어지는 푸르스름한 능선 위로 마을의 종루가 솟
아 있었다. 테브 강은 수원水源이 가까워지자 가늘어지면서,
사암과 조약돌 사이로 다시금 소리 내어 흐르고 있었다. 수
원에 이르러, 강은 풀밭에서, 글라디올러스와 창포꽃 사이
에 작은 호수를 이루며 쉬는 것이다. 곧 마을의 집들이 나타
나기 시작했다. 실비의 아주머니는 홉과 머루의 덩굴시렁들
로 뒤덮인, 크기가 고르지 않은 사암 벽돌로 지은 집에 살고
있었다. 그녀는 몇 뙈기 밭을 가지고 혼자 살았는데, 남편이
죽은 뒤로는 마을 사람들이 그 밭을 갈아주었다. 조카딸[1]이
도착하자, 집 안은 마치 불을 지핀 듯 활기를 띠었다. "안녕
하세요, 아주머니! 저희가 왔어요!" 실비가 말했다. "저희는

아주 배가 고파요!" 그녀는 아주머니에게 정답게 키스하며 꽃다발을 품에 안겨주고는, 그제야 생각이 난 듯 "제 애인이에요!" 하고 나를 소개했다.

나도 아주머니에게 키스했고, 그녀는 말했다. "좋은 사람이네…… 그런데, 어디 보자, 금발이로구나!……"

"그는 머리칼이 아주 고와요." 실비가 말했다.

"그런 건 오래 안 간단다. 하지만 너희는 아직 앞날이 창창하고, 또 갈색 머리인 네겐 그게 잘 어울리는구나."

"아주머니, 그에게 뭘 좀 먹게 해줘야 해요." 실비가 말했다.

그러고는 찬장과 빵 바구니를 뒤져 우유와 흑빵과 설탕을 찾아 내오고, 식탁 위에 별 격식 없이 접시들과 커다란 꽃이며 화려한 깃의 수탉들이 그려진 도기 그릇들을 늘어놓았다. 우유를 가득 부어 딸기를 띄운 크레유 도자기 그릇이 식탁의 중심이 되었고, 정원에서 앵두나무와 까치밥나무 몇 가지를 꺾어 온 그녀는 꽃병 두 개를 식탁보 양 끝에 놓았다. 하지만 아주머니는 고맙게도 이렇게 말했다. "그런 건 후식밖에 안 돼. 이제 내게 맡겨야겠다." 그러고는 벽에 걸린 프라이팬을 가져오고 높직한 벽난로에 장작을 던져 넣

---

1 실비는 대고모님에게 '종손녀'가 되겠으나, 원문에서 굳이 'petite-nièce'가 아니라 'nièce'라고 한 대로 '조카딸'로 옮긴다.

었다. "넌 이런 거 만지지 마라!" 그녀는 실비가 도우려 하자 말리면서 말했다. "샹티이 것보다도 더 고운 레이스를 만드는 네 손가락을 다치면 안 되지! 내게도 그걸 주었지 않니, 그래서 잘 안단다."

"아! 그래요, 아주머니!…… 그런데 저, 혹시 옛날 레이스 조각을 가지고 계시면, 제게 본이 될 텐데요."

"가만 있자! 위층에 올라가보렴." 아주머니가 말했다. "아마 내 옷 서랍 속에 뭐가 좀 있을 거다."

"열쇠를 주세요." 실비가 다시 말했다.

"필요 없어!" 아주머니가 말했다. "서랍들은 열려 있어."

"그렇지 않아요, 늘 잠겨 있는 서랍이 하나 있던데요."

그러고는 그 마음씨 좋은 여인이 프라이팬을 불에 쬐어 닦아내는 동안, 실비는 그녀의 허리띠에 매달린 꾸러미에서 세공한 강철로 된 작은 열쇠 하나를 풀어내어 자랑스레 내게 보여주었다.

나는 그녀를 따라 침실로 가는 나무 계단을 서둘러 올라갔다. 오 신성한 젊음이여, 오 신성한 노년이여! 감히 누가 이 충실한 추억들의 성역에서 첫사랑의 순수함을 더럽힐 생각을 하겠는가? 소박한 침대 머리맡에 걸려 있는 타원형의 금빛 틀 안에서는 그 옛날의, 검은 눈에 입술이 붉은, 한 청년의 초상이 미소 짓고 있었다. 그는 콩데가家² 수렵 관리인의 제복을 입고 있었으며, 다소 군인 같은 자세, 호의 어린 발그레한 얼굴, 분을 뿌린 머리칼 밑의 깨끗한 이마는 젊음과 소박함이라는 매력으로 이 초라한 파스텔화를 돋보이게 하고 있었다. 왕자들의 사냥에 초대된 어느 무명 화가가 최선을 다해 그와 젊은 아내의 초상화를 그렸을 터이니, 또 다른 둥근 틀 안에 보이는 그녀는 매혹적이고 장난스러운, 그리고 앞섶에 층층이 리본이 달린 블라우스를 입은 날씬한 모습으로, 고개를 약간 젖힌 채, 손가락 위에 올려놓은 새와 장난치고 있었다. 그녀가 바로 지금 아궁이 불 위에 몸을 구부리고 요리를 하고 있는 저 마음씨 좋은 여인인 것이다. 그것은 내게 저 퓌낭빌 극장[3]의 요정들을 생각나게 했다.[4] 요

---

2 부르봉 왕가의 방계 혈족.

3 파리에 있던 극장.

4 여기서 말하는 요정이란 샤를 노디에Charles Nodier(1780~1844)의 『부스러기 요정*La Fée aux miettes*』(1832)을 가리키는 것으로, 이 작품도 연극으로 각색되어 퓌낭빌 극장에서 상연되었다. 남의 집에서 얻은 빵 부스러기 따위로 살아간다는 데서 이름을 얻은 이 요정은 키가 두 척 반밖에 안 되며 더 이상 늙을 수 없을 만큼 늙은 떠돌이 노파인데, 모르는 것 없이 박식하여 주인공 미셸의 후견인 역할을 하는 동시에, 자신이 세상에서 가장 부유하고 아리따운 사바의 여왕 발키스라고 주장하며 미셸의 약혼녀가 된다. 그리고 우여곡절 가운데 미셸의 사랑이 진정임을 시험한 그녀는 자신이 늘 주장하던 진짜 모습을 드러낸다. 네르발의 『동방 기행』 중 아도니람의 이야기나 노디에의 『부스러기 요정』은 모두 시바(사바)의 여왕 발키스를 이상적인 여인의 원형으로 삼고 있다는 데서 일치하는데, 이는 그리스도교 전통과 동방의 신비주의를 접목시키려는 경향의 일례라고 할

정들은 주름진 가면 뒤에 매혹적인 얼굴을 숨기고 있다가, 마지막에 가서 사랑의 신을 위한 사원과 마법의 불빛을 발하며 회전하는 그의 태양이 나타날 때에야 그 얼굴을 드러내는 것이다. "오 좋으신 아주머니!" 나는 외쳤다. "당신은 얼마나 예뻤던가요!"

"그럼 나는 어때요?" 실비가 말했다. 그녀는 문제의 서랍을 여는 데 성공한 것이었다. 그녀는 거기에서 광택 있는 호박단으로 된, 수많은 주름이 바스락거리는, 호화로운 드레스를 발견했다. "이게 나한테 어울릴는지 입어봐야겠어요." 그녀는 말했다. "아! 나는 마치 늙은 요정처럼 보일 거예요!"

'전설 속의 영원히 젊은 요정!……' 하고 나는 속으로 생각했다. 실비는 어느새 입고 있던 옥양목 드레스의 고리를 풀었고 옷은 발밑으로 흘러내렸다. 늙은 아주머니의 그 풍성한 드레스는 실비의 날씬한 몸에 꼭 맞았고, 실비는 내게 고리를 채워달라고 했다. "오! 밋밋한 소매가 우습기도 하지!" 그녀는 말했다. 하지만 레이스 달린 소맷부리는 그녀의 팔뚝을 아름답게 드러내주었고, 가슴은 노르스름해진 망사에 빛바랜 리본이 달린 청순한 블라우스에 감싸였다. 그 블

수 있다. 샤를 노디에는 신비주의에 깊이 경도되었던 작가로, 일찍부터 꿈과 광기의 중요성을 역설하는 등 네르발에게 큰 영향을 미쳤다.

라우스도 아주머니의 스러져가는 아름다움을 붙들어주지는 못했던 것이다.

"어서요! 드레스 고리도 채울 줄 몰라요?" 실비가 말했다. 그녀는 마치 그뢰즈[5]가 그린 시골 신부처럼 보였다.

"분도 있어야겠어요." 내가 말했다.

"우리 어디 찾아봐요." 그녀는 다시 서랍 속을 뒤졌다.

오! 그 무슨 풍요인가! 얼마나 향기롭고, 얼마나 빛나는가! 그 모든 것은 얼마나 생생한 빛깔로 또 조촐한 반짝임으로 아롱지는가! 조금 흠이 간 나전螺鈿 부채가 두 개, 중국풍 그림이 그려진 연고통, 호박琥珀 목걸이와 수많은 싸구려 패물들, 그중에는 고리에 아일랜드 금강석을 박은, 하얀 나삼羅杉으로 만든 작은 구두도 한 켤레 있었다.

"아! 신어보고 싶어요." 실비가 말했다. "수놓은 긴 양말을 찾을 수 있다면!"

잠시 후 우리는 가장자리가 초록색으로 장식된, 연분홍 비단 긴 양말을 펼쳐보고 있었다. 그러나 프라이팬의 지글대는 소리와 함께 들려온 아주머니의 목소리가 우리를 문득 현실로 돌아오게 했다. "어서 내려가요!" 하고 실비가 말했다. 그러고는 내가 무슨 말을 해도, 그녀는 양말 신는 것을 거들게 해주지 않았다. 그새 아주머니는 프라이팬에 든

5 Jean Baptiste Greuze(1725~1805). 프랑스 화가.

것, 그러니까 달걀과 함께 지진 베이컨을 접시에 옮겨 담고
있었다. 실비가 다시 나를 불렀다. "당신도 어서 입어요!" 하
고 그녀는, 완전히 차려입은 모습으로, 내게 서랍장 위에 챙
겨놓은 수렵 관리인의 결혼 예복을 가리켰다. 순식간에 나
는 다른 세기의 신랑으로 변모했다. 실비는 계단 위에서 나
를 기다렸고, 우리는 나란히 손을 잡고 계단을 내려갔다. 아
주머니는 우리 쪽을 돌아보고는 놀라 외쳤다. "아니, 얘들
아!" 그러면서 울먹이기 시작하더니, 곧이어 눈물 사이로 웃
음 지었다. 그것은 그녀의 청춘의 영상, 잔인하고도 매혹적
인 환영이었던 것이다! 우리는 그녀 옆에 앉으면서 감동하
고 거의 숙연해졌으나, 곧 다시 명랑한 기분으로 돌아왔다.
최초의 순간이 지나자, 그 착한 늙은 여인은 혼례 때의 성
대한 축제를 회고하는 것밖에는 더 이상 생각지 않았던 것
이다. 그녀는 그 당시 관습대로 피로연 식탁의 끝에서 끝으
로 화답하며 부르던 노래들과, 무도회가 끝난 뒤 돌아가는
신랑 신부를 따라가며 불러주던 순진한 결혼 축가를 기억
해내기도 했다. 우리는 박자가 아주 단순하고, 그 시절의 모
음 충돌과 반해음이 있는, 전도서 기자의 노래[6]만큼이나 사
랑스럽고 화려한 노래 구절들을 따라 불렀다. 그렇게 해서
어느 여름 아침 내내 우리는 신랑 신부가 되었던 것이다.

6  솔로몬의 「아가雅歌」를 가리킨다.

# 7
# 샬리

새벽 4시. 길은 땅의 기복 속으로 빠져들다가 다시 올라가
곤 한다. 마차는 곧 오리Orry와 라샤펠을 지나갈 것이다. 왼
쪽으로는 알라트 숲을 따라가는 길이 있다. 어느 날 저녁,
실비의 오빠가 나를 자기 이륜마차에 태워 그 고장의 한 행
사에 데려갈 때도 바로 그 길로 갔었다. 내 생각에 그것은
성 바르텔레미의 밤[1]이었던 것 같다. 숲을 가로질러, 인적
드문 길로 해서, 그의 작은 말은 마치 마녀들의 향연에라도
가는 듯 질주하고 있었다. 우리는 몽레베크에서 다시 포장
도로를 만났고, 몇 분 뒤에는 샬리의 옛 수도원[2] 문지기의

---

1 프랑스에서는 종교전쟁 와중이던 1572년, 마침 그의 축일인 8월 23일
과 24일 사이의 밤에 일어났던 대대적인 신교도 학살을 성 바르텔레미 사
건이라고 한다. 「앙젤리크」에 따르면, 당시 이 고장은 메디치 일가의 영
지였던 만큼, 카트린 드 메디치의 주도로 샤를 9세의 묵인하에 일어난 이
사건의 기억이 오래도록 남아서, 바르텔레미 축일을 가장 큰 명절로 지킨
다고 한다.
2 1136년에 세워져 1785년에 문을 닫은 시토회의 수도원.

집에 도착했었다. 샬리, 또 하나의 추억!

황제들[3]의 안식처였던 샬리에는 이제 비잔틴식 아치들이 있는 수도원 회랑의 폐허밖에는 볼 것이 없으며, 그 아치의 마지막 한 줄이 아직도 연못들 위로 선명한 윤곽을 드러내고 있으니, 그 옛날 샤를마뉴의 소작지라 일컫던 영지들 가운데 자리한 경건한 건물들의 잊힌 잔재가 거기 있는 것이다. 도로며 도시들의 부산한 움직임으로부터 고립된 이 고장에서, 종교는 메디치[4] 시절 에스테가家 추기경들[5]의 오랜 체류가 남긴 독특한 흔적들을 간직하고 있어서, 그 성격 및 관습에는 어딘가 우아하고 시적인 데가 있으며, 이탈리

---

3 여기서 황제들이란, 샬리에 시토 수도원을 세운 비만왕 루이(1081~1137)와 자주 수도원을 찾아와 수사들과 함께 기도와 노동에 참여했던 성왕 루이(1214~1270)를 가리킬 터이다.

4 15~18세기에 걸쳐 피렌체 및 토스카나 지방을 지배했던 이탈리아의 한 가문. 1533년 프랑스 왕세자(앙리 2세)와 결혼한 카트린 드 메디치는 1560년 아들 샤를 9세의 섭정이 되면서부터 다른 아들 앙리 3세의 치세에 이르기까지 강한 영향력을 행사했다.

5 에스테가는 13~18세기에 걸쳐 페라라 및 모데나 지방을 지배했던 가문으로, 15~16세기에 여러 추기경들을 배출했다. 특히 16세기에 들어 샬리 수도원의 성직은 세속권에 속하게 되어 왕이 수도원장을 임명했는데, 첫번째로 임명된 인물이 이폴리트 데스테(알폰소 데스테와 루크레치아 보르지아 사이에 태어난 아들로, 페라라 추기경이라는 이름으로 더 잘 알려짐) 추기경이었다. 그는 예술 애호가로서 예배당을 회화들로 장식하고 정원을 설계했다.

아 예술가들이 장식한 골이 섬세한 예배당 아치들 아래서는 르네상스의 향기가 난다. 연푸른색으로 칠해진 둥근 천장 위에 장밋빛 윤곽을 드러내는 성인들이며 천사들은, 페트라르카[6]의 감상성이나 프란체스코 콜로나[7]의 전설적인 신비주의를 연상케 하는 이교적인 우의화寓意畵의 모습을 띠고 있다.

실비의 오빠와 나는 그날 밤의 특이한 행사에 불청객이었다. 당시 그 영지를 소유하고 있던 지체 높은 가문의 한 사람이 인근 수도원의 원생들이 출연하게 될 일종의 우의극에 그 고장의 몇몇 가족을 초대할 생각을 했던 것이다. 그것은 생시르의 비극들[8]을 본뜬 것이 아니라, 발루아 시절 프랑스에 도입되었던 최초의 서정적 시도들에까지 거슬러 올라가는 것이었다. 내가 본 연극은 옛날의 신비극[9]과도 비슷했다. 긴 내리닫이 의상은 푸른빛, 불그레한 노란빛, 금빛 등

6 Francesco Petrarca(1304~1374). 이탈리아 시인, 인문주의자. 죽은 애인 로르(라우라)에 대한 사랑을 노래한 시들로 유명하다.

7 Francesco Colonna(1433~1527). 이탈리아 화가. 신플라톤주의 경향을 띤 그의 소설 『폴리필로의 꿈』은 네르발이 심취했던 작품 중 하나다(4장 주6, 13장 참조).

8 생시르 여학교는 루이 14세와 맹트농 부인이 가난한 귀족 가문 규수들을 위해 설립한 학교로, 라신의 「에스테르Esther」「아탈리Athalie」 등이 이곳에서 상연되었다.

9 중세의 신비극을 가리킨다.

빛깔만 달랐다.[10] 장면은 파괴된 세계의 잔해들 위에서, 천사들 사이에서 펼쳐졌다. 각기 돌아가며 소멸된 지구의 장려함을 한 가지씩 노래했고, 그러면 죽음의 천사는 그 파괴의 원인을 명시하곤 했다. 한 영혼이 심연으로부터 올라와, 손에는 화염검을 들고서, 다른 영혼들에게 지옥을 정복하신 그리스도의 영광을 찬미하러 가자고 권했다. 그 영혼이 아드리엔이었다. 이미 소명召命에 의해 그랬던 것처럼, 연극 의상에 의해 성스럽게 변모한 모습이었다. 그녀의 천사 같은 얼굴을 둘러싸고 있는 금빛 마분지로 만든 후광은 극히 자연스럽게 진짜 빛으로 된 관冠처럼 보였다. 그녀의 음성은 더욱 힘차고 음역이 넓어져 있었으며, 이탈리아 가곡의 무한한 장식음은 장중한 서창敍唱의 엄숙한 가사를 새처럼 지저귀는 소리로 꾸며주었다.

이렇게 세세한 것들을 회상하다 보면, 나는 그것들이 현실이었는지 아니면 꿈을 꾸었던 것인지 자문하게 된다.

---

10 원문은 les couleurs de l'azur, de l'hyacinthe ou de l'aurore. 직역하면 "창공蒼空의 푸른빛, 풍신자석風信子石의 불그레한 노란빛, 서광曙光의 금빛"이 된다. 히아신스 빛깔 천étoffe hyacinthe; étoffe de la couleur de l'hyacinthe의 히아신스 빛깔이란 "불그레한 노란빛couleur jaune rougeâtre," 즉 꽃이 아니라 광물 히아신스, 즉 풍신자석의 빛깔을 말한다. 새벽 빛깔couleurs d'aurore은 '뜨는 해의 빛깔' 즉 '밝은 주황, 금빛 나는 노랑orangé clair, jaune doré'이다(*Trésor de la Langue Française*).

실비의 오빠는 그날 저녁 조금 취해 있었다. 우리는 문지기의 집에 잠시 들렀었는데, 그곳이 내게는 참으로 인상 깊었다. 문 위에는 날개 펼친 백조가 있고, 집 안에는 호두나무를 조각하여 만든 높직한 장롱들, 케이스에 든 커다란 괘종시계, 그리고 빨강과 초록으로 그려진 과녁판 위쪽에는 다양한 활과 화살이 트로피처럼 걸려 있었다. 괴상하게 생긴 난쟁이가 머리에는 중국식 모자를 쓰고, 한 손으로는 병을, 다른 손으로는 반지를 들고서, 궁수들에게 똑바로 겨누라고 격려하는 듯했다. 그 난쟁이는 아마도 양철을 오려 만든 것이었을 터이다. 그러나 아드리엔의 환영은 이런 세세한 것들만큼이나, 샬리 수도원의 확연한 존재만큼이나 실재하는 것이었던가? 하지만 분명 문지기의 아들이 우리를 연극이 상연되는 방으로 안내해주었었고, 문 가까이 있었던 우리의 앞쪽에는 깊이 감동받은 관중이 앉아 있었다. 그것은 성 바르텔레미의 축일, 메디치가家의 추억과 각별히 연관되는 날로, 메디치가의 문장紋章이 에스테가의 문장과 나란히 그 낡은 벽들을 장식하고 있었다…… 이 추억은 아마도 강박관념일 터이다! 다행히도 마차는 플레시스 가도에서 멈춰 서고, 나는 몽상의 세계에서 빠져나온다. 루아지까지는 지름길로 해서 15분만 걸어가면 될 것이다.

# 8
## 루아지의 무도회

내가 루아지의 무도회에 들어선 것은 먼동이 트면서 희미한 빛들이 떨리기 시작하는 저 감미롭고 우수 어린 시간이었다. 보리수들은, 아래쪽은 어둠에 잠긴 채, 꼭대기에 푸르스름한 기운을 띠고 있었다. 시골 무도회의 피리 소리도 꾀꼬리들의 낭랑한 울음소리를 더 이상 이기지 못했다. 모두가 창백했고, 매무새가 흐트러진 무리들 가운데서 나는 아는 얼굴을 찾기가 힘들었다. 마침내 나는 실비의 동무인 키 큰 리즈를 알아보았다. 그녀가 내게 키스했다.

"본 지가 무척 오래됐네요, 파리 양반!" 그녀가 말했다.

"오! 그래요, 오래됐지요."

"그런데 이 시간에 도착한 거예요?"

"역마차로요."

"별로 일찍은 아니네요."

"실비를 보고 싶었어요. 아직 무도회에 있습니까?"

"실비는 아침이나 되어야 나와요. 춤추기를 아주 좋아하거든요."

잠시 후, 나는 그녀 곁에 있었다. 그녀는 지친 모습이었지만, 검은 눈은 여전히 그 옛날의 아테네적인 미소로 빛나고 있었다. 한 청년이 그녀 가까이 있었다. 그녀는 그에게 다음번 카드릴을 그만두겠다는 손짓을 했다. 그는 절을 하고 물러갔다.

날이 새고 있었다. 나는 그녀에게 집까지 바래다주마고 했다. 날은 환히 밝았지만, 날씨는 침침했다. 우리의 왼쪽으로는 테브 강이 소리 내어 흐르며 고인 물의 소용돌이를 굽돌아가고 있었다. 물 위에는 희고 노란 수련이 피어 있고 그 사이사이에 수놓인 가냘픈 별꽃이 마치 들국화 무리처럼 꽃송이를 틔우고 있었다. 들판은 베어놓은 곡식단과 쌓아올린 건초 더미로 뒤덮여 있었으나, 그 냄새는 깊이 스며들면서도, 옛날에 숲과 꽃핀 산사나무 수풀의 싱그러운 내음이 그랬던 것처럼 취하게 하지는 않았다.

전처럼 들판을 가로지를 생각은 들지 않았다. 내가 말했다. "실비, 당신은 이제 나를 사랑하지 않는군요!"

그녀가 한숨지었다. "이보세요." 그녀는 내게 말했다. "받아들여야 하는 법이에요. 사는 게 우리 마음대로 되지 않는다는 걸 말예요. 전에 내게 『신 엘로이즈』 얘기를 해주었지요. 나도 그걸 읽었어요. 첫머리에서 대뜸 '이 책을 읽는 모든 소녀는 파멸할 것이다'라는 구절을 읽고는 온몸이 떨렸지요. 하지만 난 내 이성을 믿고 계속 읽어 내려갔어요.

우리가 아주머니 댁에서 결혼 예복을 입었던 날을 기억하는 지요?…… 책의 삽화들도 지나간 시대의 구식 의상을 입은 연인들을 보여주고 있었어요. 그래서 내게는 마치 당신이 생-프뢰이고 내가 쥘리가 된 것만 같았지요.[1] 아! 당신은 왜 그때 돌아오지 않았나요! 하지만 당신은 이탈리아에 갔다고 들 하더군요. 당신은 거기서 나보다 훨씬 더 예쁜 여자들을 많이 보았겠지요!"

"아니, 실비, 당신 같은 눈매에 당신처럼 순수한 생김새를 가진 여자는 하나도 없었어요. 당신은 당신도 모르는 어떤 고대의 님프랍니다. 게다가 이 고장의 숲들은 로마의 평원 못지않게 아름다운데요. 거기에도 여기 못지않게 숭엄한 화강암 바위들이 있고, 테르니 폭포처럼 암벽 꼭대기에서 떨어져 내리는 폭포가 있지요. 나는 거기서 여기 없는 것이라고는 보지 못했습니다."

"그러면 파리에서는요?" 실비가 말했다.

"파리에서는……" 나는 대답 없이 고개를 저었다.

문득 나는 그토록 오랫동안 나를 헤매게 하던 헛된 영상을 생각했다.

"실비, 그만해 둡시다, 그러면 안 될까요?"

나는 그녀의 발밑에 몸을 던지고는 뜨거운 눈물을 흘리

1 생-프뢰와 쥘리는 『신 엘로이즈』의 두 주인공.

며 내 우유부단함과 변덕을 고백했고, 내 삶을 꿰뚫고 지나
간 저 불길한 환영에 대해서도 실토했다.

"나를 구해줘요! 나는 아주 당신에게 돌아온 겁니다."

그녀는 연민 어린 눈길로 나를 바라보았다……

그때, 떠들썩한 웃음소리가 우리의 대화를 가로막았다.
실비의 오빠가, 축제의 밤 뒤에는 으레 그렇듯이, 술이 과
한 나머지 지나치게 들뜬 촌사람다운 호기로 우리를 따라잡
았던 것이다. 그는 멀리 산사나무 수풀 속으로 사라져간 무
도회의 청년을 소리쳐 불렀고, 그는 곧 우리와 합류했다. 그
역시 자기 친구만큼이나 휘청거렸으며, 실비보다도 파리 사
람을 보게 되어 더욱 당황한 눈치였다. 그의 순진한 얼굴,
당황함이 섞인 공손함 때문에 나는 실비가 그와 함께 춤을
추느라 그토록 늦게까지 남아 있었던 것을 원망할 수도 없
었다. 나는 그를 대단한 상대가 못 된다고 여기고 있었다.

"집에 가야지." 실비가 자기 오빠에게 말했다.

"곧 다시 만나요!" 그녀는 내게 뺨을 내밀며 말했다.

그녀의 애인은 언짢은 기색이 없었다.

# 9
# 에름농빌

자고 싶은 생각이 전혀 없었다. 나는 아저씨의 집을 다시 보러 몽타니로 갔다. 그 노란 정면 벽과 창의 초록색 덧문들이 눈에 들어오자 큰 슬픔이 밀려왔다. 모든 것이 옛날과 똑같은 듯했고, 다만 문의 열쇠를 얻으러 소작인의 집에 가야 했을 뿐이다. 덧문들이 열리고, 예전 그대로 놔둔 채 이따금 손질하는 오래된 가구들이 눈에 들어오자 나는 가슴이 뭉클해졌다. 높직한 호두나무 장롱과 우리 선조인 옛 화가의 작품이라는 플랑드르의 그림 두 장, 부셰[1]풍의 커다란 목판화들, 모로[2]가 그린 『에밀』과 『신 엘로이즈』의 삽화를 넣은 액자들, 그리고 테이블 위에는 개의 박제가 놓여 있었다. 살았을 때 나와 숲속을 돌아다니는 동무였던 그 개는 아마도 최후

---

1 François Boucher(1703~1770). 프랑스 화가. 로코코의 거장으로, 관능적이고 우아한 '페트 갈랑트'(雅宴)의 세계를 그렸다.
2 Jean-Michel Moreau(1741~1814). 연년생인 모로 형제는 둘 다 화가인데, 그중 동생을 가리킨다. 형이 주로 풍경화를 그린 반면, 동생은 삽화가로 활동했다.

의 땅개였을 터이니, 이제 그런 개는 멸종되고 없다.

"앵무새는 아직 살아 있어요. 저희 집에 갖다놓았지요."
소작인이 말했다.

정원에는 잡초가 멋대로 자라나 있어 볼만했다. 그 한
구석에는 어릴 적에 만들어놓은 꽃밭도 보였다. 설레는 심
정으로 아저씨의 서재에 들어서니, 거기에는 고르고 고른
책들, 고인의 오랜 친구였던 책들로 가득한 작은 책장이 그
대로 있고, 책상 위에는 그가 정원에서 발견한 고대의 잔해
들, 로마 시대의 꽃병이며 메달들이 놓여 있었다. 그렇듯 이
고장 유적을 수집하는 것이 그에게는 또 한 가지 낙이었던
것이다.

"앵무새를 보러 갑시다." 나는 소작인에게 말했다. 앵무
새는 한창때 그랬듯 여전히 먹을 것을 요구하면서, 동그란
눈으로 문득 나를 쳐다보았는데, 가장자리가 겹겹이 주름진
그 눈은 마치 노인들의 경험 많은 눈길을 연상케 했다.

그토록 사랑하는 고향에 뒤늦게 돌아와 이런저런 서글
픈 생각들로 가득해진 나는 실비를, 나를 이 고장과 연결시
켜주는 발랄하고 아직도 젊은 유일한 얼굴을 다시 봐야만
할 것 같았다. 나는 루아지로 되돌아갔다. 한낮이었지만, 모
두가 간밤의 축제로 지쳐 자고 있었다. 나는 기분 전환 삼
아 숲길로 해서 한 마장가량 떨어져 있는 에름농빌로 산책
이나 가볼까 하는 생각이 들었다. 쾌청한 여름 날씨였다. 나

는 마치 공원의 산책로처럼 서늘한 길이 마음에 들었다. 한
결같은 초록색의 커다란 떡갈나무들 사이사이로, 줄기가 하
얀 자작나무들이 잎새를 흔들며 서 있었다. 새들은 울음을
그쳤고, 둥지를 파느라 나무를 쪼는 청딱따구리 소리만 들
려왔다. 잠시 나는 길을 잃을 뻔했으니, 여러 갈래 길을 알
리는 표지판의 글자들이 군데군데 지워져 있었기 때문이다.
마침내 '사막'을 왼쪽에 두고, 나는 무도회가 열렸던 빈터,
아직도 노인들의 긴 의자가 남아 있는 곳에 이르렀다. 영지
의 옛 소유자를 생각하자 철학적 고대에 관한 기억들이 『아
나카르시스』와 『에밀』을 그대로 재현해놓은 듯한 풍경 앞
에서 물밀듯 밀려왔다.[3]

버드나무와 개암나무의 가지들 사이로 빛나는 호수의
물이 보이자, 나는 아저씨가 산책길에 자주 나를 데려가곤
하던 장소를 분명히 알아볼 수 있었다. '철학의 사원'이라는

---

[3] 에름농빌의 영주였던 르네 드 지라르댕René de Girardin(1735~1808)
후작은 루소 사상의 영향을 받은 인물로, 자연과 인간에 대한 철학
적 사상에 따라 영지에 정원을 조성하고 '철학의 사원'을 지었다. 영
지 서쪽 부분인 황량한 땅, 일명 '사막'에 『신 엘로이즈』에 나오는 쥘리
의 집 같은 작은 집을 지어 말년의 루소를 맞아들였고, 그가 죽자 포플
러 섬에 안장해주었다. 루소의 『에밀』(1762)과 바르텔레미Jean-Jacques
Barthélemy(1716~1795)의 『젊은 아나카르시스의 그리스 여행』(1779)은
18세기 당시 큰 인기를 얻었던 교육학적 고전이다.

곳이었는데, 창건자는 그것을 완성하는 행복을 누리지 못했다.[4] 그것은 여사제 티부르티나의 사원[5]과도 같은 모양으로, 몽테뉴에서 데카르트를 거쳐 루소에 이르는 위대한 사상가들의 이름을 내보이면서,[6] 여전히 소나무 숲에 둘러싸여 서 있다. 이미 폐허에 지나지 않는 이 미완성 건물에는 담쟁이가 보기 좋게 자라 있으며, 무너진 층계에는 가시덤불이 무성하다. 어렸을 때, 나는 거기서 흰옷 입은 소녀들이 학업과 품행에 대한 상을 받아가는 즐거운 행사를 보았었다. 언덕을 에워싸고 있던 장미 덤불들은 어디 있는지? 마지막 몇 그루까지 들장미와 나무딸기에 뒤덮인 그것들은 야생으로 돌아가고 있다. 그러면 월계수는? 더는 숲에 갈 마음이 나지 않는다는 소녀들의 노랫말에서처럼,[7] 사람들이 다 베어버렸는지? 아니, 따뜻한 이탈리아에서 자라는 이 관목들은 우

4 사원은 '완성되지 못했다'기보다, 철학의 추구는 결코 완결될 수 없다는 의미에서 의도적으로 미완성으로 남겨졌다고 한다.

5 티볼리(티부르)에 있는 유명한 시빌의 신전. 네르발은 이탈리아를 여행하는 동안 이 신전을 방문했다.

6 지라르댕은 근대 철학을 기리기 위해 지은 '철학의 사원'을 몽테뉴에게 헌정하고, 그 여섯 기둥에 사상과 저서를 통해 인류에게 기여한 여섯 명의 이름을 새겼다. 아이작 뉴턴, 르네 데카르트, 볼테르, 윌리엄 펜, 몽테스키외, 장-자크 루소가 그들이다.

7 "우린 이제 숲에 가지 않으리, 월계수를 모두 베어버렸다네Nous n'irons plus au bois, les lauriers sont coupés"라는 민요가 있다.

리의 침침한 하늘 아래서 시들어버린 것이다. 다행히도, 베르길리우스의 쥐똥나무[8]는 마치 "만물의 원인을 알다Rerum cognoscere causas"[9]라고 문 위에 새겨진 대가의 말을 지지하기나 하려는 듯 아직도 꽃이 핀다. 그렇다, 이 사원도 다른 많은 사원들처럼 무너진다. 사람들은 잊어서건 흥미를 잃어서건 찾아오지 않을 것이며, 무심한 자연이 예술로부터 빼앗겼던 땅을 되찾을 것이다. 하지만 인식에 대한 갈증만은, 모든 힘과 모든 활동의 원동력으로서, 영원할 것이다.

여기 섬의 포플러들과 루소의 유해 없는 무덤[10]이 있다. 오 현인이여! 그대는 우리에게 강자의 양식을 주었으나, 그 유익을 누리기에 우리는 너무 나약했다. 우리는 우리 아버지들이 알던 그대의 교훈들을 잊었으며, 고대적 지혜의 마

---

8  베르길리우스의 『목가』에 이런 구절이 있다. "오 사랑스러운 소년이여, 네 화색을 너무 믿지 말라/쥐똥나무 새하얀 꽃도 떨어지고, 히아신스 짙은 꽃도 꺾이우나니O formose puer, nimium ne crede colori:/Alba ligustra cadunt, vaccinia nigra leguntur"(*Eclogae* II, v. 17~18).

9  베르길리우스의 『농경시』에 나오는 구절. "사물의 원인(이치)을 알며, 모든 두려움과 가차 없는 숙명을, 그리고 굶주린 아케론의 울부짖음을 발밑에 둔 자는 복이 있도다felix, qui potuit rerum cognoscere causas, atque metus omnis et inexorabile fatum subiecit pedibus strepitumque Acherontis avari"(*Georgica* II, v. 490~492).

10  1778년 에름농빌의 포플러 섬에 안장된 루소의 유해는 1794년 파리의 팡테옹으로 옮겨졌다.

지막 반향이었던 그대의 말이 의미하는 바를 잃어버렸다. 그렇지만, 절망하지는 말자. 그리고 그대가 궁극의 순간에 그러했듯이, 태양을 향해 눈을 돌리자.[11]

나는 성과 그 둘레의 잔잔한 물, 바위틈으로 구슬픈 소리를 내는 폭포, 그리고 마을의 두 부분을 이어주는 오솔길을 다시 보았다. 네 개의 비둘기장이 길모퉁이를 나타내고 있고, 그 너머에는 마치 사바나처럼 펼쳐진 풀밭과 그것을 굽어보는 그늘진 언덕들이 있다. 가브리엘의 탑[12]을 멀찍이 비추는 인공 호수의 물 위에는 여린 꽃들이 점점이 피어나 있고, 거품이 부글거리고, 곤충들이 앵앵댄다…… 뿜어져 나오는 나쁜 공기를 피해, 사막의 먼지 이는 사암 지대로, 붉은 히스 가운데 고사리의 푸른빛이 두드러져 보이는 황야로 돌아가야 한다. 이 모든 것이 얼마나 외롭고 서글픈가! 실비의 매혹적인 눈길, 그녀의 달음박질, 그녀의 명랑한

11 루소는 임종 직전 아내에게 이렇게 말했다고 한다. "창문을 열어주오. 내가 다시 한번 녹음을 보는 행복을 누릴 수 있도록…… 얼마나 아름다운지!…… 얼마나 청명한 날인지!…… 오 자연은 얼마나 위대한지!…… 저 태양을 보오. 마치 웃으며 날 부르는 것 같구려. 저 광대한 빛을 보아요. 저게 바로 신이지. 그렇고말고. 신께서 내게 그분의 품을 벌리고, 내가 그토록 열망했던 영원하고 변함없는 평화를 맛보라고 초대하고 계시다오."
12 앙리 4세가 애인 가브리엘 데스트레Gabrielle d'Estrées(1573~1599)를 만나러 오곤 했다는 탑. 지라르댕 후작 시절에는 명소였지만, 대혁명 때 파괴되었다.

외침들은 이제 막 내가 지나온 장소들을 얼마나 생동케 했던가! 그때만 해도 그녀는 아직 선머슴 애처럼 맨발에다 살 갗은 그을어 있었고, 써봤자 소용없는 밀짚모자의 폭넓은 리본은 그녀의 검은 갈래머리와 함께 나풀거렸었다. 우리는 스위스 농가로 우유를 마시러 가곤 했으며, 그럴 때면 이런 말을 듣곤 했다. "파리 도련님, 네 애인은 예쁘기도 하구나!" 오! 그때만 해도 아무 촌사람이나 그녀와 춤추지는 않았을 것을! 그녀는 1년에 한 번, 활쏘기 축제에서, 오직 나하고만 춤추었었다.

# 10
# 키 큰 곱슬머리

내가 루아지로 되돌아갔을 때는, 모두들 일어나 있었다. 실비는 숙녀다운, 거의 도시 취향의 옷차림이었다. 그녀는 예전 그대로 순박하게 나를 자기 방으로 올라오게 했다. 그녀의 눈은 여전히 매혹적인 미소로 빛나고 있었으나, 윤곽이 뚜렷한 눈썹 때문에 때로 진지해 보이곤 했다. 방은 단순하게 꾸며져 있었지만, 가구들은 현대적인 것으로, 목동이 푸른 옷에 장밋빛 볼을 한 목녀에게 새 둥지를 건네주는 목가적인 그림으로 장식되어 있던 구식 거울은 금테 두른 거울로 바뀌어 있었다. 네 기둥 사이에 나뭇가지 무늬의 오래된 사라사 휘장이 반듯하게 드리워져 있던 침대는 살대에 거는 커튼이 달린 호두나무 침대로 바뀌어 있었고, 전에 꾀꼬리들이 있던 창가의 새장에는 카나리아들이 있었다. 나는 옛날 것이라고는 찾아볼 수 없는 이 방에서 어서 나가고 싶었다.

"이젠 레이스를 짜지 않습니까?" 나는 실비에게 물었다.

"오! 레이스는 이제 만들지 않아요. 찾는 사람이 없는 걸요. 샹티이에 있던 공장도 문을 닫았어요."

"그럼 무얼 하나요?"

그녀는 방 한구석으로 가서 긴 바늘처럼 보이는 철제 도구를 가지고 왔다.

"그게 뭡니까?"

"기계예요. 장갑을 꿰매는 동안 가죽을 고정시키는 거지요."

"아! 그럼 장갑을 만드나 보군요, 실비?"

"그래요, 여기서 만드는 게 다마르탱으로 나가지요. 요즘은 그게 꽤 벌이가 된답니다. 하지만 오늘은 아무 일도 안 하니까, 어디든 당신 마음대로 갈 수 있어요."

나는 눈으로 오티스 가는 길을 가리켜 보였으나, 그녀가 고개를 흔드는 것으로 보아, 아주머니도 고인이 되신 모양이었다. 실비는 어린 소년을 불러 당나귀에 안장을 얹게 했다.

"난 어젯밤 피곤이 아직 가시질 않았어요. 하지만 산책을 하면 좋아질 거예요. 샬리로 가요." 그녀가 말했다.

그래서 우리는 숲길을 가게 되었고, 채찍 대신 나뭇가지를 든 소년이 뒤따라왔다. 얼마 안 가 실비는 멈춰 서기를 원했고, 나는 그녀를 안아 내려주며 앉자고 권했다. 우리의 대화는 전처럼 허물없는 것이 되지 못했다. 나는 그녀에게 파리에서의 내 생활, 여행들……에 대해 들려주어야 했다.

"어떻게 그렇게 멀리까지 갈 수 있어요?" 그녀가 말했다.

"당신을 다시 보고 나도 놀랐어요."

"뭐, 그저 하는 말이지요!"

"당신이 전에는 이렇게 예쁘지 않았다는 건 인정해야 합니다."

"난 모르겠는데요."

"우리 어렸을 때가 기억납니까? 그때는 당신이 더 키가 컸지요."

"당신이 더 얌전했고요!"

"오! 실비!"

"사람들은 우리를 각자 바구니에 넣어 당나귀에 태우기도 했어요."

"그리고 우린 서로 존댓말을 쓰지도 않았었는데…… 테브 강과 노네트 강의 다리 밑에서 네가 내게 가재 잡는 법을 가르쳐준 거 생각나?"

"그럼 너는 네 젖형제도 생각나? 한번은 그가 너를 물에서 끌어내주었었는데."

"키 큰 곱슬머리! 내게 물을 건널 수 있다고 가르쳐준 게 바로 그였지!"

나는 서둘러 화제를 바꿨다. 그 추억은 내가 조그만 영국식 양복을 입고 그 고장에 오던 시절을 생생히 기억나게 했기 때문이다. 그런 나를 보고 마을 사람들은 웃음을 터뜨렸고, 실비만이 나를 멋지다고 생각했었다. 하지만 그렇게 오래전에 그녀가 나를 어떻게 생각했다느니 하는 말은 다시 꺼내기 거북했다. 나는 불현듯 우리가 오티스의 나이 든 아주머니 댁에서 입어보았던 결혼 예복이 생각났다. "아! 마음씨 좋은 아주머니!" 실비가 말했다. "아주머니는 내가 다마르탱의 사육제에 춤추러 갈 때 그 옷을 빌려주셨어요. 벌써 2년 전 일이지요. 가엾게도, 그다음 해에 돌아가셨답니다!"

그녀는 한숨지으며 눈물까지 흘렸으므로, 나는 그녀에게 어떻게 하여 가면무도회에 가게 되었던가를 물을 수 없었다. 하지만 실비는 손재주 덕분에 더 이상 촌색시가 아니라는 것은 알 수 있었다. 그녀의 부모님은 예전 그대로였지만, 그녀는 그들 가운데서 마치 솜씨 좋은 요정처럼 주변을 풍요롭게 하며 살고 있었다.

# 11
## 귀환歸還

숲에서 나오자 시야가 트였다. 우리는 샬리의 연못가에 이르렀다. 수도원의 회랑들, 아치들이 날씬하게 솟아 있는 예배당, 봉건시대의 탑, 그리고 앙리 4세와 가브리엘의 사랑을 간직하고 있는 작은 성이 어두운 초록빛 숲을 배경으로 저녁 황혼에 물들고 있었다.

"마치 월터 스콧[1]의 풍경 같잖아요?" 실비가 말했다. "누가 월터 스콧 얘기를 하던가요?" 나는 물었다. "지난 3년 동안 책을 많이 읽었나 보군요!…… 나는 이제 책은 잊어버리고 싶습니다. 그보다는 당신과 함께 저 오래된 수도원을 다시 보는 일이 훨씬 더 좋아요. 아주 어렸을 때, 우린 저 폐허 속에서 숨바꼭질을 하곤 했지요. 생각납니까, 실비? 수위가 우리에게 붉은 수도승들에 관한 얘기를 들려주었을 때, 당신이 얼마나 무서워했었는지?"

---

1 Walter Scott(1771~1832). 스코틀랜드 소설가. 드라마틱한 역사소설들을 썼다.

"오! 그 얘긴 하지 말아요."

"그럼, 노래를 불러주어요. 자기 아버지의 정원에 있는 흰 장미나무 아래서 납치된 미녀에 관한 노래 말이에요."

"그런 노래는 이제 안 불러요."

"당신은 음악가라도 되었나요?"

"조금은 그런 셈이죠."

"실비, 실비, 당신은 오페라 아리아를 부르는 모양이군요."

"그게 어때서요?"

"왜냐하면 나는 오래된 노래들을 좋아하는데, 당신은 이제 그런 노래는 못 부른다니 말이에요."

실비는 현대 오페라의 거창한 아리아를 조금 불렀다…… 그녀는 악구樂句를 끊어가며 노래하는 것이었다![2]

우리는 근처의 연못을 한 바퀴 다 돌았다. 보리수와 느릅나무에 둘러싸인 푸른 풀밭은 전에 우리가 자주 춤추던

---

2 네르발은 '악구를 끊어가며 노래하기phraser'를 음악원의 교육에 의한 인공적인 목소리의 대표적인 특징으로 꼽았고, 그런 훈련이 없는 자연스러운 목소리의 아름다움을 높이 샀다. 『10월의 밤Les nuits d'octobre』에 이런 대목이 있다. "오 구슬 같은 목소리의 아가씨여! 너는 아직 음악원에서처럼 악구를 끊을 줄 모르누나. 평자들은 네가 노래할 줄 모른다고 하리라! 하지만 저 젊은 울림, 우리 선조 여인들의 순진한 노래처럼 떨리는 여운은 나를 매혹하누나!"

곳이었다! 나는 자부심을 느끼며 카롤링거 왕조의 오래된 벽들을 정확히 구별해내고 에스테 가문의 문장들을 해독했다. "그러는 당신은요!" 실비가 말했다. "당신은 나보다 책을 얼마나 더 많이 읽었을까요! 당신은 학자인가요?"

나는 그녀의 비난하는 듯한 말투에 기분이 상했다. 그때까지 줄곧 나는 아침의 북받치던 마음을 다시금 고백할 만한 장소를 찾고 있었다. 그러나 당나귀와 정신이 말짱한 어린 소년, 파리 사람이 하는 말을 들으려고 틈만 나면 바싹 따라붙는 소년을 데리고 다니면서 무슨 말을 하겠는가? 그러다 결국 나는 내 기억 속에 남아 있는 샬리의 환영을 이야기하고 말았다. 나는 전에 아드리엔의 노래를 들었던 바로 그 홀로 실비를 데려갔다.

"오! 당신의 목소리를 들었으면!" 나는 말했다. "당신의 다정한 음성이 이 둥근 천장들 아래서 울려 퍼져, 나를 괴롭히는 환영을 쫓아내주었으면! 그것이 신성한 것이든 파멸로 이끄는 것이든 간에!"

그녀는 나를 따라 가사와 노래를 되뇌었다.

천사들이여, 어서 내려오라
연옥의 밑바닥으로!……

"너무 슬픈데요!" 그녀가 말했다.

"숭고하지요…… 내 생각에는 포르포라[3]의 곡인 것 같
습니다. 가사는 16세기에 번역된 것이고."

"난 잘 몰라요." 실비가 대답했다.

우리는 골짜기를 지나, 샤를퐁의 길로 해서 돌아왔다.
어원 같은 것에 본래 관심이 없는 마을 사람들은 그것을 샬
퐁이라 부르기를 고집하지만 말이다. 실비는 당나귀를 타
느라 지쳐서 내 팔에 기댔다. 길은 한적했고, 나는 내 마음
에 있는 것들을 말하려 했지만, 왜 그런지 속된 표현들이나
아니면 난데없이 소설의 과장된 말투밖에는 떠오르지 않았
다. 어쩌면 실비도 그런 소설을 읽었을 터였다. 그래서 나는
아주 고전적인 취향을 발휘하여 입을 다물어버리곤 했고,
실비는 그렇듯 중단되는 고백들에 놀라곤 했다. 생-S……의
담장에 이르러서는, 발걸음에 주의해야 했다. 개울이 구불
구불 흘러가는 축축한 초지草地를 지날 때였다.

"수녀는 어떻게 되었나요?" 나는 불쑥 물었다.

"아! 당신의 그 수녀 얘긴 참 끝도 없군요…… 글쎄
요…… 뭐랄까요…… 참 안됐지요."

실비는 그 이상은 말해주려 하지 않았다.

어떤 말은 마음에서 우러남 없이 그저 입으로 말해질

3 Nicola Porpora(1686~1768). 이탈리아 작곡가. 종교적인 주제의 오페라
들을 썼다.

뿐이라는 것을, 여자들은 진정 느끼는 것인지? 하지만 그녀들이 그토록 쉽게 속는 것을 보면, 또 흔히 어떤 선택을 하는가를 생각해보면, 그런 것 같지 않다. 연애 유희를 그토록 잘하는 남자들도 있지 않은가! 어떤 여자들은 알면서도 기꺼이 속는다는 것을 모르지 않지만, 나는 그런 일에 도무지 익숙해지지 않았다. 게다가 어린 시절부터의 사랑에는 무엇인가 신성한 것이 깃들어 있는 법이다…… 실비는 어려서부터 지켜보아 온 내게 누이나 마찬가지였다. 유혹은 엄두도 낼 수 없었다…… 문득 전혀 다른 생각이 머리를 스쳐 갔다. 지금쯤은 극장에 가 있을 시간인데, 하고 나는 생각했다. 오렐리(라는 것이 그 여배우의 이름이었다)는 오늘 저녁 어떤 역을 할까? 분명 새로운 극의 공주 역할이겠지. 오! 제3막에서, 그녀는 얼마나 감동적인지!…… 그리고 제2막의 사랑 장면에서는! 연인 역할을 맡은 그 주름투성이 배우와 함께 나올 때면……

"무슨 생각을 그렇게 깊이 하나요?" 실비가 말했다. 그러고는 노래하기 시작했다.

다마르탱에 아름다운 아가씨 셋이 있었네
그중 한 아가씨는 해보다 더 아름다웠네……

"아! 심술쟁이 같으니!" 나는 소리쳤다. "당신은 옛날 노래들을 아직도 잘 알고 있으면서 그랬군요."

"당신이 좀더 자주 온다면, 나도 그런 노래들을 더 찾아
보겠지요." 그녀가 말했다. "하지만 현실적인 것을 생각해야
해요. 당신은 파리에 당신 일이 있고, 나도 내 일이 있으니
까요. 너무 늦기 전에 돌아가기로 해요. 나는 내일 해가 뜨
자마자 일어나야 하거든요."

# 12
## 도뒤 영감

나는 막 대답을 하려 했건만, 그녀의 발치에 무릎을 꿇고 내 아저씨의 집을 바치려 했건만, 그 작은 집은 여러 명의 공동 상속인 사이에 미처 분배되기 전이라 아직은 되사는 것이 가능했건만, 어느새 우리는 루아지로 들어서고 있었다. 저녁 식사가 우리를 기다리고 있었다. 양파 수프가 멀리까지 그 가정적인 냄새를 풍겨왔다. 축제 다음 날의 이 저녁 식사에는 이웃 사람들도 초대되었다. 나는 곧 도뒤 영감을, 그토록 우습고 그토록 무시무시한 이야기들을 밤늦게까지 들려주곤 하던 나이 든 나무꾼을 알아보았다. 양치기, 심부름꾼, 수렵 관리인, 어부, 심지어 밀렵자까지 두루 되어보았던 도뒤 영감은 한가한 시간이면 뻐꾸기시계며 꼬치 돌리개 따위를 만들곤 했다. 오래전부터 그는 영국인들에게 에름농빌을 구경시켜주는 일을 하고 있어서, 루소가 사색에 잠기던 장소들로 안내하기도 하고 그의 말년에 대한 이야기를 들려주기도 했다. 철학자가 식물 표본들을 분류하기 위해 고용했던 가장 어린 소년이 바로 그였으며, 그는 철학자가 시키는 대로 독당근을 캐어다가 그 즙을 커피 잔에 짜주었다는 것이다.[1] '황금 십자관'의 여관 주인은 그런 얘기가 사실일 리 없다고 주장했고, 그래서 그들은 내내 사이가 좋지 않았다. 도뒤 영감은 오래전부터 악의 없는 비법을, 가령 성경 구절을 거꾸로 외우거나 왼발로 십자가를 그어 암소들의 병을 고치는 등 몇 가지 비법을 갖고 있다는 소문이 있었는데, 그 자신은 장-자크와의 대화 덕분에 일찍부터 그런 미신들은 버렸노라고 했다.

"이것 보게! 파리 꼬마 아닌가! 우리 아가씨들을 바람낼 작정으로 왔나?" 도뒤 영감이 내게 말했다.

"제가요, 도뒤 영감님?"

"자네는 그녀들을 숲에 데려가지 않나? 늑대가 없을 때 말이야."

"도뒤 영감님, 늑대는 바로 당신이지요."

"암양들이 보일 때야 그랬지. 하지만 요샌 암염소들밖에 없는데, 그녀들은 제법 조심을 하거든. 하지만 자네들, 파리 사람들은 약지 않은가. 장-자크의 말이 옳아. '인간은 도시의 더러운 공기 속에서 타락한다'라고 했던가."

---

1 장-자크 루소의 죽음에 얽힌 이 일화는 전설에 속한다. 독당근ciguë은 아테네인들의 사약의 원료로 쓰였으며, 소크라테스도 독당근 즙을 마시고 죽었다고 전해진다.

"도뷔 영감님, 인간은 어디서나 타락한다는 걸 잘 아시잖습니까."

도뷔 영감은 권주가를 흥얼대기 시작했고, 누구나 다 아는 노골적인 대목에서는 그를 말리려고들 했지만 소용이 없었다. 실비는 우리가 아무리 부탁을 해도, 이제 식탁에서는 노래하지 않는다며 사양했다. 아까부터 그녀의 왼쪽에는 어제의 그 청년이 와 있었다. 그 둥그런 얼굴과 덥수룩한 머리칼에는 어딘가 낯설지 않은 데가 있었다. 그는 일어나 내 의자 뒤로 오더니 말했다. "날 몰라보겠어, 파리 친구?" 후식을 갖고 들어온 한 여자가 우리 앞에 음식을 놓아주며 내게 귓속말을 했다. "당신의 젖형제를 모르겠어요?" 이렇게 귀띔을 받지 않았더라면, 나는 웃음거리가 될 뻔했다.

"아! 너구나, 키 큰 곱슬머리!" 나는 말했다. "나를 물에서 끌어내준 게 바로 너였지!" 이렇게 내가 그를 알아보는 것을 보고 실비는 웃음을 터뜨렸다.

"게다가," 하고 이 청년은 나를 얼싸안으며 말했다. "너는 은으로 된 근사한 손목시계를 차고 있어서, 돌아오는 길에는 너 자신보다도 가지 않는 시계가 더 걱정이었지. '짐승이 물에 빠졌어, 똑딱 소리가 안 나, 아저씨가 뭐라실까?……' 이러면서 말이야."

"손목시계 속에 짐승이라! 파리에선 아이들에게 그런 걸 믿게 한단 말이지!" 도뷔 영감이 말했다.

실비

실비는 졸린 듯했고, 나는 그녀의 마음이 내게서 떠났다는 결론을 내렸다. 그녀는 침실로 올라갔고, 내가 키스하자 "내일, 우리 집에 오세요!" 하고 말했다.

도뒤 영감은 실뱅[2]과 내 젖형제와 함께 식탁에 남아 있었고, 우리는 루브르산産 과실주 한 병을 놓고 오래도록 이야기를 나누었다. "만민 평등이지." 도뒤 영감은 노래를 흥얼거리는 사이사이 말했다. "나는 왕자님하고든 제과업자하고든 술을 마시거든."

"제과업자라니요?"

"네 옆을 봐! 살림 차릴 꿈에 부푼 젊은 친구 말이야."

내 젖형제는 당황한 듯했다. 나는 모든 것을 깨달았다. 루소 때문에 유명해진 고장에 젖형제가 있었다는 것은 나를 위해 예비된 운명이었다. 루소는 유모라는 것이 없어져야 한다고 주장하지 않았던가! 도뒤 영감이 내게 알려준 바로는, 실비와 키 큰 곱슬머리의 혼담이 오가고 있으며, 키 큰 곱슬머리는 다마르탱에 제과점을 내고 싶어 한다고 했다. 나는 더 묻지 않았다. 다음 날 나는 낭퇴유르오두앵행行 마차를 타고 파리로 돌아왔다.

---

2 '실뱅Sylvain'은 여기서 처음 나오는 이름이지만, 『불의 딸들』 언저리의 유고 「실뱅과 실비」에서 보듯 실비의 오빠를 가리킨다.

# 13
## 오렐리

파리로! 마차는 다섯 시간이 걸렸다. 나는 저녁까지만 도착
하면 되었다. 8시경에, 나는 늘 가던 특별석에 앉아 있었고,
오렐리는 당시의 한 재사才士가 썼다는, 실러[1]의 미미한 영
향을 받은 시행詩行들에 자신의 영감과 매력을 불어넣었다.
정원 장면에서, 그녀는 더할 나위 없이 훌륭했다. 그녀가 나
오지 않는 제4막 동안에, 나는 마담 프레보의 가게로 꽃다
발을 사러 갔다. 나는 거기에 "모르는 사람으로부터"라고 서
명한 매우 다정한 편지를 끼워 넣었다. '이렇게 해서 훗날을
기약해두는 것이지' 하는 생각이었다. 그리고 다음 날 나는
독일로 가는 길 위에 있었다.

  나는 무엇을 하러 거기에 갔던가? 그것은 내 감정에 질
서를 회복해보려는 시도였다. 만일 내가 소설을 쓴다 해도,
동시에 두 가지 사랑에 사로잡혀 있는 사랑 이야기는 납득
시킬 수 없을 것이다. 실비는 내 잘못으로 내게서 떠나갔지

---

1 Friedrich von Schiller(1759~1805). 독일 시인, 극작가.

만, 어느 날 그녀를 다시 보는 것만으로도 내 영혼을 다시 일으켜 세우기에 족했으므로, 그 후 나는 그녀를 지혜의 사원에서 미소 짓는 조각상처럼 모셔두고 있었다. 그녀의 눈길은 나를 심연의 가장자리에서 붙들어주었었다. 나는 오렐리 앞에 나타난다는 것, 그녀 곁에서 잠시 빛나다가 떨어져 부서지는 속된 애인들의 무리와 잠시 겨루기 위해 그렇게 한다는 것을 한층 더 격렬히 거부했다. '언젠가는 만나게 되겠지.' 나는 생각했다. '만일 그녀에게 마음이라는 것이 있다면.'

어느 날, 나는 신문에서 오렐리가 병이 났다는 기사를 읽었다. 나는 잘츠부르크의 산중에서 그녀에게 편지를 썼다. 그 편지는 워낙 독일적 신비주의로 물든 것이라 썩 환영받을 것 같지 않았고, 나 또한 답장을 요구하지 않았다. 나는 단지 우연과, 그리고 "모르는 사람으로부터"라는 서명에 약간의 기대를 걸고 있었다.

여러 달이 지나갔다. 여행을 하거나 한가로이 지내면서, 나는 아름다운 라우라에 대한 화가 콜로나의 사랑[2]을 시

---

2 프란체스코 콜로나(4장 주6, 7장 주7 참조)가 사랑했던 여성의 이름은 '루크레치아'로 전해지지만, 네르발은 그녀를 페트라르카의 영원한 연인 '라우라'의 이름으로 부른다. 프란체스코 콜로나의 사랑을 소재로 한 네르발의 시극은 — 여기서는 "극의 마지막 행을 완성했다"라고 하지만 — 구상에 그쳤을 뿐 실제로 쓰이지는 않았다.

극詩劇으로 형상화해보고자 했다. 라우라의 부모는 그녀를 수녀로 만들었지만, 그는 죽을 때까지 그녀를 사랑했던 것이다. 이런 소재는 항시 나를 떠나지 않는 상념들과도 어딘가 일치하는 데가 있었다. 극의 마지막 행이 완성되자, 나는 프랑스로 돌아가는 것밖에는 생각하지 않았다.

이제 내 이야기가 다른 많은 사람들의 이야기와 무엇이 다를 것인가? 나는 극장이라는 저 시련의 장소들의 모든 단계를 거쳤다.[3] "나는 북을 먹었고, 꽹과리를 마셨다"라는, 엘레우시스[4] 입문자들의 명백한 의미 없는 언사 그대로이다. 필경 그것은 비상식과 부조리의 경계들을 건너야 할 때도 있음을 의미하거니와, 나에게 있어 이성이란 곧 내 이상을 정복하고 붙드는 것이었다.

오렐리는 내가 독일에서 가지고 돌아온 연극의 주역을 받아들였다. 나는 그녀에게 직접 작품을 읽어주게 되었던 그날을 결코 잊지 못할 것이다. 사랑의 장면들은 그녀를 위해 쓰인 것이었다. 나는 분명 감정을 담아, 그리고 무엇보다도 열정을 가지고서 그것들을 읽었을 터이다. 뒤이은 대화

---

3 J'ai passé par tous les cercles de ces lieux d'épreuves qu'on appelle théâtre. 여기서 "시련의 장소들의 원(원반)들les cercles"이란 단테의 『신곡』에 나오는 지옥이나 연옥의 여러 층을 염두에 둔 표현일 터이다.

4 엘레우시스는 그리스의 한 항구도시인데, 데메테르의 농경 제의에서 비롯된 일련의 비의적 예식들로 유명하다.

에서, 나는 "모르는 사람으로부터"의 편지 두 통을 쓴 사람이 바로 나였다고 밝혔다. 그녀는 말했다. "당신은 참 엉뚱하시군요. 하지만 저를 한번 만나러 오세요…… 저는 이제껏 진정으로 저를 사랑하는 사람을 만나보지 못했어요."

오 여인이여! 그대는 사랑을 찾고 있는가…… 그렇다면, 나는?

다음 며칠 동안, 나는 더없이 다정한 편지들을, 그녀가 일찍이 받아보았을 가장 아름다운 편지들을 썼다. 그에 대한 그녀의 답장들은 극히 분별 있는 것이었다. 한순간 그녀는 감동받았고, 나를 불러서는, 이전부터 맺어온 관계를 깨뜨리기 어렵다고 고백했다. "만일 당신이 절 사랑하시는 것이 저를 위해서라면," 하고 그녀는 말했다. "제가 오직 한 사람의 것밖에 될 수 없다는 것을 이해해주시겠지요."

두 달 후에, 나는 절절한 심정이 담긴 편지를 받았다. 나는 그녀의 집으로 달려갔다. 그사이에 누군가가 내게 중요한 사실을 알려주었다. 언젠가 클럽에서 보았던 그 잘생긴 청년이 얼마 전에 북아프리카 기병대에 들어갔다는 것이었다.

다음 해 여름에는 샹티이에서 경마 시합이 있었다. 오렐리가 출연하는 극단이 거기에서 연극을 하나 상연했다. 일단 지방에 내려오면, 극단은 사흘 동안 무대감독의 명령에 따라야 한다. 감독은 나와 이미 친구가 되어 있던 선량한 사나이로, 예전에 마리보[5]의 희극들에서 도랑트 역을 맡았을 뿐만 아니라 연극에서 남자 주연을 맡은 지 오래되어, 최근에는 실러를 모방한 작품에서 애인 역할로 성공을 거두었다. 그 연극에서 내가 코안경으로 보기에는 주름살투성이였으나, 가까이서 보니 그는 훨씬 젊고 여전히 날씬했으므로, 시골에서는 한층 더 성공을 거두고 있었다. 그에게는 불같은 데가 있었다. 나는 '시인 선생'의 자격으로 극단과 동행했으며, 상리스와 다마르탱에도 공연을 하러 가자고 무대 감독을 설득했다. 그는 처음에는 콩피에뉴 쪽에 마음이 있었지만, 오렐리가 나와 같은 생각이었다. 다음 날, 사람들이 공연장의 소유주들이며 당국과 교섭을 하는 동안 나는 말을 빌렸고, 우리는 콤멜 연못을 따라 달려 블랑슈 여왕의 성[6]으로 점심을 먹으러 갔다. 오렐리는 말 위에 비스듬히 앉아 금발을 나부끼며 마치 그 옛날의 여왕처럼 숲을 가로질렀고, 시골 사람들은 그런 그녀를 눈부신 듯 우두커니 바라보았

5 Pierre Carlet de Chamblain de Marivaux(1688~1763). 프랑스 소설가, 극작가.
6 "블랑슈 여왕의 성"이란 1826년 사냥의 회합 장소로 지어진 중세풍 건물을 가리킨다. 발루아의 필리프 6세의 왕비였던 블랑슈 드 나바르가 1350년경 왕의 죽음에 즈음하여 지었다는 전설적인 성이 있던 자리에 세워져 그런 명칭을 얻었다.

다. 그들은 마담 드 F……[7] 밖에는 그처럼 당당하고 우아하게 인사하는 이를 본 적이 없었던 것이다. 식사 후에, 우리는 스위스 마을들을 연상시키는, 노네트 강물이 제재소들을 움직이게 하는 마을들로 내려갔다. 나에게는 소중한 추억인 그런 광경들에 오렐리는 관심을 보이기는 했으나 멈춰 서지는 않았다. 나는 오렐리를 오리 근처의 성으로, 내가 처음으로 아드리엔을 보았던 바로 그곳으로 데려갈 작정이었다. 그녀에게서는 아무런 감정도 엿보이지 않았다. 그래서 나는 그녀에게 모든 것을 이야기했고, 어둠 속에서 흘긋 보았던, 그 후로 내내 꿈꾸었고 그녀에게 와서야 실현된 사랑의 근원을 고백했다. 그녀는 내 얘기를 진지하게 듣고 나서 말했다. "당신은 날 사랑하는 게 아니에요! 당신은 내가 '여배우는 수녀와 같은 사람'이라고 말해주기를 기대하지만, 실은 극적인 것을 찾고 있을 뿐이지요. 그렇지만 그 결말은 당신 마음대로가 아니에요. 가세요, 이제는 당신을 믿지 않아요!"

그 말은 청천벽력이었다. 내가 그토록 오래전부터 품어왔던 그 이상한 열정들, 그 꿈들, 그 눈물들, 그 절망들과 그 다정함들…… 그것이 사랑이 아니었다는 말인가? 그렇다면

---

7 네르발의 어린 시절에 모르트퐁텐 성관에는 아드리엔 드 퓌셰르 남작부인Sophie Dawes, baronne Adrienne de Feuchères이라는 귀부인이 있었는데, 이 '마상의 금발 여인'이 아드리엔의 원형이었던 것으로 간주되곤 한다.

사랑은 어디에 있는가?

오렐리는 그날 저녁 상리스에서 공연했다. 나는 그녀가 무대감독을, 그 주름살투성이 남자 주연배우를 무척 좋아하고 있다는 느낌이 들었다. 그는 대단히 훌륭한 성격의 소유자며 그녀에게도 여러모로 도움을 주었었다.

어느 날 오렐리는 내게 말했다. "날 사랑하는 건 바로 저 사람이에요!"

# 14
## 마지막 장

이런 것들이 인생의 아침에 사람을 매혹하고 방황하게 하는 미망들이다. 나는 그것들을 두서없이 그저 적어보았지만, 많은 마음들이 나를 이해할 것이다. 환상들은 하나씩 차례로, 마치 과일의 껍질과도 같이 벗겨져 나가며, 그러고 나서의 과일, 그것은 경험이다. 그 맛은 쓰지만, 거기에는 사람을 강하게 만드는 얼얼한 무엇이 들어 있다 ── 부디 이런 구식 문체를 용서해주기 바란다. 루소는 말하기를 자연의 경관은 모든 것에 대한 위로라고 했다. 나는 가끔 파리의 북쪽, 안개 속에 고립된 클라랑[1]의 수풀들을 다시 보러 가곤 한다. 그 모든 것이 참으로 변해버렸다!

에름농빌! 게스너[2]로부터 다시 옮겨진 고대의 목가가

---

[1] 스위스의 레만호湖 우안에 위치하며, 『신 엘로이즈』의 배경이 되었다. 그러니까 여기서는 비유적인 '클라랑'인 셈이다.
[2] Salomon Gessner(1730~1788). 독일어권 스위스 시인. 루소와 동시대인으로, 전원의 무구한 삶으로의 복귀를 노래했으며, 그의 『목가』들은 큰 성공을 거두어 불어로 번역되기도 했다.

여전히 꽃피던 고장이여! 너는 네 단 하나의 별을, 나에게는 이중의 광채로 빛나던 별을 잃어버렸다. 마치 알데바란[3]의 속기 쉬운 별처럼 푸른빛이었다가 장밋빛이었다가 하는, 그것은 아드리엔 아니면 실비였으니, 그것들은 동일한 사랑의 두 반쪽이었다. 그 하나는 숭고한 이상이며, 다른 하나는 감미로운 현실이었다. 이제 네 그늘이며 호수들이, 네 사막까지도, 내게 무슨 뜻이 있겠는가? 오티스, 몽타니, 루아지, 초라한 이웃 마을들, 복원 중인 샬리, 너희들은 이 모든 과거의 아무것도 간직하고 있지 않다. 이따금 나는 고독과 몽상의 그 장소들을 다시 보고 싶은 욕구를 느낀다. 거기에서 나는 자연스러움이 희구되던 한 시대의 희미한 흔적들을 내 안에서 발견하며, 때로는 화강암 벼랑 위에서 한때 내게 숭고해 보이던 루셰[4]의 시구들을 읽으며, 혹은 목양신牧羊神에게 바쳐진 동굴이나 샘터 위에서 유익한 경구들을 읽으며 미소 짓는다. 그처럼 많은 비용을 들여 파놓은 연못들에는 백조도 거들떠보지 않는 죽은 물이 고여 있다. 이제는 가고 없다, 콩데가의 사냥 행렬들이 마상의 당당한 여인들과

---

3 황소자리의 알파성으로 적색 거성이다. 불규칙변광성이고 짝별들을 거느리고 있기는 하지만, 색깔이 변한다는 것은 다분히 주관적인 경험 내지 상상의 영역에 속하리라고 추정된다.

4 Jean-Antoine Roucher(1745~1794). 교훈시의 저자. 네르발은 *La Bohème galante*에서, 에름농빌의 암벽들에 새겨진 글들이 루셰의 것이라고 했다.

더불어 지나가던, 뿔피리들이 멀리서 화답하며, 메아리들이 울려 퍼지던 그 시절은!…… 에름농빌에 가기 위해, 요즘은 다들 직행하는 길밖에는 모른다. 때때로 나는 크레유와 상리스를 거쳐서 거기에 가고, 또 어떤 때는 다마르탱을 거치기도 한다.

다마르탱에는 늘상 저녁에나 도착하게 된다. 그러면 나는 '성-요한의 성상'이라는 곳에서 묵는다. 사람들은 내게 오래된 태피스트리가 걸려 있고, 거울 위쪽에 그림이 장식되어 있는 제법 깨끗한 방을 주곤 한다. 이 방에 들게 되는 것은 내가 오래전에 포기해버린 골동품들로의 마지막 귀환인 셈이다. 여기서는 이 고장의 관습대로 깃털 이불을 덮고 따뜻하게 잔다. 아침이면, 포도와 장미 넝쿨로 테 둘린 창문을 열고, 포플러들이 군대처럼 정렬해 있는 열 마장가량의 녹색 지평선을 황홀한 마음으로 바라보곤 한다. 여기저기 마을들이, 소위 유골遺骨 첨두尖頭 모양[5]이라고 하는, 뾰족한 종루 아래 모여 있다. 먼저 오티스가, 그러고는 에브, 베르 등이 차례로 눈에 들어온다. 에름농빌에도 종루가 있다면 숲 사이로 알아볼 수 있으련만, 그 철학적인 동네에서는 교

---

[5] "en pointe d'ossements." 이 명칭의 유래에 대해서는 네르발 자신도 알 수 없다고 했다. "Les clochers aigus, hérissés de saillies régulières, qu'on appelle dans le pays des ossements(je ne sais pourquoi)……" *La Bohème galante.*

회를 별로 돌보지 않는다. 이 고원지대에서나 마실 수 있는 맑은 공기로 가슴을 부풀리고 나서, 나는 즐겁게 거리로 나가 제과점에 들러본다. "잘 있었나, 키 큰 곱슬머리!"

"잘 있었나, 파리 꼬마!" 어린 시절의 정다운 주먹질을 주고받은 뒤, 나는 두 아이의 명랑한 함성이 나를 맞아주는 어떤 집의 계단을 올라간다. 실비의 반기는 얼굴은 아테네적인 미소로 환하게 빛난다. 나는 생각한다. '어쩌면 저기에 행복이 있었는데, 하지만……'

나는 때로 그녀를 롤로트[6]라고 부르며, 그녀는 내가, 권총만 빼고는 — 그런 것은 이제 유행이 지났다 — 베르테르와 닮은 데가 있다고 한다. 키 큰 곱슬머리가 점심 식사를 준비하는 동안, 우리는 아이들을 데리고 성의 낡은 벽돌 탑들의 잔해를 둘러싸고 있는 보리수 오솔길로 산책을 간다. 아이들이 아버지의 화살을 짚 더미에 쏘아대며 활쏘기 놀이를 하는 동안, 우리는 시를 몇 편 아니면 요즘은 거의 만들지 않는 저 아주 짤막한 책들을 몇 페이지 읽곤 한다.

말하는 것을 잊어버릴 뻔했다. 오렐리가 속해 있던 극단이 다마르탱에서 공연을 하던 날, 나는 실비를 데리고 구경을 가서, 여배우가 혹 그녀가 아는 누군가를 닮았다고 생각지 않느냐고 물어보았다.

---

6 괴테의 『젊은 베르테르의 슬픔』에 나오는 여주인공 샬로테를 가리킴.

"대체 누구 말예요?"

"아드리엔이 생각납니까?"

그녀는 "어떻게 그런 생각을!" 하며 웃음을 터뜨렸다. 그러고는, 마치 자책하듯이, 그녀는 한숨지으며 이렇게 말했다. "불쌍한 아드리엔! 그녀는 1832년쯤에,[7] 생–S⋯⋯ 수도원에서 죽었답니다."

---

7 1832년이라는 연대가 갖는 의미에 대해서는 「옮긴이의 말」 참조.

# 오렐리아

## 혹은 꿈과 삶

# 제1부

## 1

꿈은 제2의 삶이다. 나는 우리를 보이지 않는 세계로부터 갈라놓는 저 상아의, 혹은 뿔의 문들을 전율 없이는 통과할 수 없다.[1] 잠의 첫 순간은 죽음과도 흡사하다. 흐릿한 마비 상태가 우리의 생각을 사로잡아, 우리는 자아가 또 다른 형태로 삶의 활동을 계속하게 되는 것이 정확히 어느 순간부터인지 알지 못한다. 어슴푸레한 지하 세계가 점차 밝아지면서, 림보[2]에 거하는 장중하게 정지한 창백한 모습들이 어

---

[1] 호메로스에 의하면 꿈에는 두 개의 문이 있는데, 상아의 문에서 나오는 꿈은 허황한 것이고, 뿔의 문에서 나오는 꿈은 사실을 알려주는 것이라고 한다(『오디세이아』 제19편 562~569행). 이런 비유는 베르길리우스에 의해서도 그대로 답습된다(『아이네이스』 제6편 893~896행).

[2] 저세상의 변경 지대로, 구약 시대의 의인들이 머무르는 '족장들의 림보'와 세례를 받지 못하고 죽은 '어린아이들의 림보'가 있는데, 전자는 그리스도의 강림 이후 더 이상 존재하지 않는다는 견해도 있다. 네르발이 여

둠과 밤으로부터 떠오르기 시작한다. 그러고는 장면이 형성되어, 새로운 밝음이 이 기이한 환영들을 비추고 움직이게 한다. 영靈의 세계가 우리 앞에 열리는 것이다.

스베덴보리[3]는 이런 환상들을 **추상**追想, Memorabilia이라고 불렀으며, 그것들이 흔히 잠보다는 몽상에서 비롯되는 것이라고 했다. 아풀레이우스의 『황금 당나귀』[4]와 단테의 『신곡』도 인간 영혼에 대한 연구의 시적 전범들이다. 나는, 그들의 본을 따라, 전적으로 내 정신의 신비들 가운데 일어났던 오랜 병의 인상들을 옮겨 적어보려 한다. 하지만 나는 내가 왜 병이라는 말을 쓰는지 모르겠다. 나 자신으로 말할 것 같으면, 나는 일찍이 그렇게 건강해본 적이 없으니 말이다. 자주, 나는 내 힘과 활동이 배가되는 듯이 여겨졌고, 모든 것을 알고 모든 것을 이해하는 듯했으며, 상상력은 내게

기서 말하는 림보는 순수히 그리스도교적인 의미라기보다, 일반적으로 망자들이 머무르는 처소를 막연히 가리키는 것으로 보인다.
3 Emanuel Swedenborg(1688~1772). 스웨덴의 철학자로, 생리학과 해부학을 연구하여 원자, 자기, 빛 등에 대한 괄목할 만한 연구를 했으나, 1745년경부터 일종의 신비주의 신학에 심취하여 자신에게 환상과 예지의 능력 및 사명이 주어졌다고 주장하면서 '새 예루살렘 교회'의 창설자가 되었다. 자연과 초자연, 현세와 내세 사이에 일정한 대응 관계가 있다는 주장은 신비주의 일반의 것이기도 하지만, 그에 의해 구체적으로 언명되었다.
4 「실비」1장 주7 참조.

무한한 희열을 가져다주곤 했다. 사람들이 이성이라 부르는 것을 되찾으면서, 그런 희열을 잃어버렸음을 애석히 여겨야 할 것인가……?

이 **새로운 삶**[5]은 나에게 두 단계로 나타났다. 다음은 그 첫번째 단계에 관한 기록들이다. 나는 오랜 세월 사랑했던, 내가 오렐리아라는 이름으로 부르던 한 여성[6]을 영영 잃고 난 뒤였다. 내 삶에 그토록 지대한 영향을 미치게 되었던 이

---

5 단테의 『신생 *La Vita Nuova*』에 빗댄 말이다. 단테의 이 작품은 그가 젊은 시절에 쓴 시들을 수록하고 그 시들이 쓰인 경위, 즉 베아트리체와의 첫 만남에서부터 그녀의 죽음과, 천국의 영광 중에 있는 그녀에 대한 환상을 보게 되기까지의 과정을 간략히 기술한 것으로, 네르발의 오렐리아에 대한 관계는 단테의 베아트리체에 대한 관계와 비슷한 점이 없지 않다. 우선, 두 사람 모두 여인에게 '플라토닉한' 사랑을 바치다가 모종의 과오로 인해 그녀의 호의를 잃게 된다는 점에서도 그렇고, 또 두 사람 모두 사랑하는 여인을 잃고 다른 여인에게 일시적으로 끌리게 되며 환상 가운데 죽은 여인을 다시 만나 그 불멸을 확신하게 된다는 점에서도 그렇다. 그러니까, 여기서 "이 새로운 삶은……"이란, 전후 문맥에 따르자면 '꿈이라는 새로운 삶'을 의미하는 것이겠으나, 단테의 *Vita Nuova*와의 관련을 염두에 두고 보면 『오렐리아』 전체가 네르발의 *Vita Nuova*라고도 할 수 있다.

6 네르발이 사랑했던, 「실비」에서는 '오렐리'라고 부르던 여배우 제니 콜롱Jenny Colon(1808~1842)을 가리킨다. 1837년 10월, 그녀는 네르발과 알렉상드르 뒤마의 합작인 「피키요Piquillo」에 출연했고, 네르발이 그녀 앞에 나타나 사랑을 고백한 것도 그 무렵이었을 것이다. 반년 만인 1838년 4월 그녀는 다른 남자와 결혼했다.

사건이 어떻게 해서 일어났던가는 그리 중요치 않다. 누구나 자신의 기억 속에서 가장 비통한 감정을, 운명이 영혼에 가한 가장 치명적인 일격을 찾아볼 수 있을 것이니, 그런 때는 죽든지 살든지 결정을 내려야 하는 법이다. 왜 내가 죽음을 택하지 않았는지는 뒤에서 말하게 될 것이다. 사랑하던 이로부터 더는 용서를 바랄 수도 없는 과오로 인해 버림받은 내게는, 저속한 도취에 뛰어드는 것밖에 남아 있지 않았다. 나는 짐짓 명랑하고 무심한 척하면서 사교계에 드나들었고, 다양성과 변덕에 정신없이 빠져들었다. 나는 특히 먼 나라 사람들의 기이한 의상과 관습에 매료되었으며, 그렇게 함으로써 선악의 조건들을, 말하자면 우리 프랑스인들에게 있어 감정이라는 것의 기본 항들을, 뒤바꿀 수나 있는 듯이 여기게 되었다. '더는 너를 사랑하지 않는 여인에게 플라토닉한 사랑을 바치다니, 무슨 미친 짓이냐!' 나는 생각했다. '이게 다 책을 너무 많이 읽은 탓이다. 나는 시인들이 지어낸 것을 진지하게 받아들였고, 그래서 우리 시대의 평범한 여인을 라우라[7]로, 혹은 베아트리체로 만든 것이다…… 다른 여인들을 사귀어보자. 그러면 그녀도 곧 잊히겠지.' 이탈리아의 한 도시에서 열린 흥겨운 사육제의 떠들썩함이 내 모

---

7 페트라르카가 사랑했던 여인의 이름이지만, 네르발은 프란체스코 콜로나의 연인도 같은 이름으로 부른다(「실비」 13장 주2 참조).

든 울적한 생각들을 내쫓아버렸다. 나는 마음의 위로를 얻게 되어 행복한 나머지, 모든 친구들에게 내 기쁨을 알렸고, 열에 뜬 흥분 상태에 지나지 않는 것을 평상시 내 정신의 상태인 것처럼 편지에 써 보냈다.

어느 날, 그 도시에 명성 높은 한 여성[8]이 오게 되었는데, 그녀는 내게 호의를 보였고, 사람들의 눈에 들고 마음을 사로잡는 데 익숙해져 있었던 만큼, 쉽사리 나를 자기 숭배자들의 무리에 끌어들였다. 그녀가 자연스러우면서도 모든 사람을 사로잡는 매력으로 넘쳐나던 어느 야회가 끝난 뒤, 나는 그녀에게 매혹된 나머지, 즉시 그녀에게 편지를 쓰지 않고는 못 배겼다. 내 마음이 새로운 사랑을 할 수 있다는 데 그처럼 행복했던 것이다!…… 나는 이 인위적인 열정 가운데서, 불과 얼마 전까지만 해도 오래전부터의 진정한 사랑을 그리는 데 쓰던, 바로 그 말들을 빌려 썼다. 편지를 보내고 나자, 나는 그것을 돌려받고 싶은 심정이 되었고, 그래서 내게는 마치 추억에 대한 모독과도 같이 보이는 것에 대해 홀로 깊은 생각에 잠겨들었다.

8 벨기에의 피아니스트 마리 플레옐Marie Pleyel(1811~1875)을 가리킨다. 8세 때 신동으로 데뷔한 후 15세 무렵부터는 대가로 인정받으며 명성을 누렸다. 네르발이 그녀를 만난 것은 1839년 겨울 빈에서였는데, 본문에서 "이탈리아의 한 도시"라고 한 것은 여전히 실제의 삶과 작품 사이에 거리를 두려는 태도를 보여준다.

저녁이 되자 내 새로운 사랑은 전날 밤의 모든 위력을 되찾았다. 그 여성은 내가 그녀에게 써 보낸 것에 대해 감동을 보이면서도, 내 갑작스러운 열기에는 다소 의아한 모양이었다. 나는 한 여인에게 진실되게 품을 수 있을 감정의 여러 단계를 단 하루 만에 모두 거친 셈이었던 것이다. 그녀는 나로 인해 자랑스러우면서도 무척 놀랐다고 고백했다. 나는 그녀를 설득하려 했지만, 무슨 말을 해보아도, 그녀와 마주해서는 내 편지에서의 감정을 되찾을 수 없었고, 결국 나는 그녀를 속이는 동시에 나 스스로를 속이고 말았노라고 눈물을 흘리며 털어놓았다. 그런데 내 절절한 고백에 무엇인가 마음을 움직이는 것이 있었던지, 내 거짓된 사랑의 맹세 뒤에 그녀는 한층 더 살뜰한 우정을 보여주었다.

## 2

얼마 뒤에, 나는 내가 줄곧 희망 없이 사랑하던 여성이 있
는 또 다른 도시에서 그녀를 다시 만났다.[1] 우연히 그녀들은
서로 알게 되었고, 다시 만난 그녀는, 나를 마음으로부터 추
방해버렸던 여인이 나에 대한 태도를 누그러뜨리게끔 해주
었다. 그리하여 어느 날 나는 그녀가 속해 있던 모임에 가게
되었고, 그녀는 나를 향해 다가와 손을 내밀었다. 이 행동
을, 그리고 그녀의 인사에 깃든 그윽하고 슬픈 시선을 어떻
게 해석할 것인가? 나는 거기에서 지난날에 대한 용서를 보
는 것만 같았으니, 동정심이 깃든 숭고한 어조는 그녀가 내
게 건넨 몇 마디 말에 이루 형언할 수 없는 가치를 부여했
다. 그때까지만 해도 세속적인 것이었던 사랑에 마치 무엇

---

1 1840년 12월 브뤼셀에서 네르발은 마리 플레옐과, 「피키요」를 공연 중
이던 제니 콜롱을 모두 만났다.

인가 종교적인 것이 섞여들어, 거기에 영원성을 아로새기는 것만 같았다.

긴급한 임무 때문에 나는 파리로 돌아가야만 했으나, 며칠만 거기 있다가 곧 그녀들의 곁으로 돌아올 작정이었다. 기쁨과 조바심으로 인해 나는 일종의 흥분 상태에 빠졌고, 그것은 마쳐야 할 일들에 대한 염려와 뒤섞여 한층 심해졌다. 어느 날 밤, 자정 무렵에, 나는 숙소가 있던 교외로 돌아가다가, 무심코 눈을 들어 가로등 불빛에 비친 집의 번지수를 보게 되었다. 그 숫자는 내 나이의 수였다.[2] 곧이어, 눈길을 돌리던 나는 바로 내 앞에서 안색이 파리하고 눈이 푹 꺼진, 오렐리아의 생김새를 가진 듯한 한 여인을 보았다. 나는 '**그녀의 죽음**이거나 아니면 내 죽음을 알리는 것이다!' 하고 생각했다. 그러나 왜 그랬는지 나는 나중의 추측 쪽으로 기울었고, 문득 그것이 다음 날 같은 시간이리라는 생각이 들었다.

그날 밤 나는 꿈을 꾸었고, 그것은 내 생각을 확신시켜주었다. 나는 여러 개의 방이 있는 거대한 건물 안을 헤매고 있었는데, 그중 어떤 것들은 공부에, 다른 것들은 철학적인

2 네르발이 그의 입원으로 이어진 이 최초의 중대한 정신착란에 빠진 것은 1841년 2월의 일이다. 5월 생일이 지나기 전이었으니 32세였겠지만 곧 33세가 되던 무렵이었으니, 그가 본 숫자는 예수 그리스도가 죽은 나이와 같은 33이었을 수도 있다.

대화나 토론에 쓰이고 있었다. 나는 공부방 중 하나에 흥미가 생겨 멈춰 섰는데, 그곳에서는 내 옛 스승들과 학우들의 모습이 보이는 듯했다. 그리스 및 로마 작가들에 대한 수업이, 므네모시네 여신[3]에게 바치는 기도처럼 들리는 단조로운 웅얼거림과 함께 계속되고 있었다. 나는 다른 방으로 갔고, 거기에서는 철학 강연이 진행되고 있었다. 잠시 거기 참석했다가, 나는 분주한 여행객들로 가득한, 거대한 계단들이 있는 일종의 호텔과도 같은 곳에서 내 방을 찾으려 했다.

나는 긴 복도들에서 여러 번 방향을 잃었고, 중앙 회랑들 중 하나를 가로지르다가 기이한 광경을 목도하게 되었다. 엄청나게 거대한 한 존재가 — 남자인지 여자인지는 모르겠으나 — 공간의 위쪽에서 힘들게 퍼덕여 날고 있었고, 마치 빽빽한 구름 사이에서 허우적대는 것처럼 보였다. 숨이 차고 힘이 빠진 그는 마침내 어둑한 안뜰의 한복판으로 떨어졌고, 그 날개들은 지붕이며 난간에 걸려 구겨졌다. 나는 한순간 그를 자세히 볼 수 있었다. 그는 진홍빛을 띠었고, 날개들은 무수한 빛깔을 반사하고 있었다. 고대의 주름진 긴 내리닫이 옷을 입은 그는, 마치 알브레히트 뒤러[4]의

3 므네모시네는 기억과 시간의 흐름을 관장하는 여신으로, 뮤즈들의 어머니다.
4 Albrecht Dürer(1471~1528). 독일의 화가, 판화가. 네르발은 그의 동판화 「멜랑콜리아」에서 깊은 인상을 받았던 듯, 여러 작품에서 그에 대해

「멜랑콜리아」에 그려진 천사와도 같이 보였다.[5] 나는 공포의 외침을 내지르지 않을 수 없었고, 그 소리가 나를 소스라쳐 깨어나게 했다.

다음 날, 나는 서둘러 친구들을 모두 만나러 다녔다. 그들에게 마음속으로부터 작별을 고했고, 내 정신을 사로잡고 있는 것에 대해서는 말하지 않았으나 신비한 주제들에 관해 열변을 토했다. 나는 드문 웅변으로 그들을 놀라게 했으니, 마치 내가 모든 것을 아는 것처럼, 이 최후의 시간에 세계의 신비들이 내게 계시되는 것처럼 여겨졌다.

저녁에, 숙명의 시간이 다가오는 듯했을 때, 나는 친구 두 명과 함께 클럽의 테이블에 앉아 그림과 음악에 대해 토론하면서, 내 나름대로 색채의 발생 및 수數의 의미를 정의하고 있었다.[6] 그들 중 한 사람인 폴***[7]라는 이름의 친구가 나를 집까지 데려다주겠다고 했으나, 나는 그에게 집에

언급하고 있다.

5  이 남녀 양성적인 거대한 존재는 대체로 인류의 원형 내지는 아담 이전의 거인족에 대한 네르발의 고정관념과 관련해 해석되는 경향이지만, '무수한 빛의 반사' 같은 대목에서는 다분히 뒤투아-멤브리니가 묘사한 바와 같은 천체영esprit astral(다음 주9 참조)을 상기시키기도 한다.

6  피타고라스 이래의 신비주의 전통에서, 수는 세계의 비밀을 푸는 열쇠 중 하나로 간주되었다.

7  화가 폴 슈나바르Paul Chenavard(1807~1895)를 가리킨다.

돌아가는 것이 아니라고 말했다. "그럼 어디로 가나?" 그가 내게 물었다. **"동방으로!"**[8] 그리고 그가 나와 동행하는 동안, 나는 하늘에서 별 하나를 찾기 시작했다.[9] 나는 마치 내 운명에 어떤 영향력을 갖고 있는 듯한 그 별을 알 수 있을 것만 같았다. 그것을 찾자, 나는 별이 보이는 방향으로 길을 따라가며, 말하자면 내 운명을 향해 곧장 앞으로, 죽음이 나를 엄습하는 그 순간까지 별을 알아볼 수 있기를 바라며, 걸음을 계속했다. 그러나 세 갈래 길이 만나는 곳에서, 나는 더 나아가고 싶지 않았다. 내게는 내 친구가 나로 하여금 자

8 아시아와 아프리카가 태초의 신비에 더 가까운 땅이라는 것은 스베덴보리 이후 18세기 말 신비주의에 널리 퍼져 있던 믿음이었으며, 특히 네르발에게 동방은, 그의 『동방 기행』에서 보듯이, 그의 꿈이 온전히 투영된 땅이었다.

9 18세기 말 어떤 계몽주의자들이 중세 및 르네상스 전통으로부터 발전시킨 천체天體 이론théorie de l'Astral에 따르면, 인간의 육신이 대지의 먼지(흙)로 조성되었듯이, 그의 영혼은 천체의 질료로 이루어져 있으며, 따라서 천체들은 인간 영혼에 영향을 미친다고 한다. 이런 견지에서 전후 맥락을 살펴본다면, 네르발은 자신의 영혼에 대응하는 어떤 별이 있다고 믿으며, 환상 중에 그 천체영(앞의 주5 참조)의 추락을 본 뒤 자신의 죽음을 예감했으리라는 추측도 가능하다. 그러나 뒤이어 그 별에 자신을 기다리는 이들이 있다든가 하는 대목은 이런 천체 이론보다 스베덴보리의 사후死後 개념에 가까운 것으로(다음 주10 참조), 네르발은 어느 한 경향의 이론을 일관되게 따르기보다는 다양한 독서 경험을 바탕으로 고유한 상상적 논리를 펴고 있는 것으로 보인다.

리를 바꾸게 하기 위해 초인적인 힘을 행사하는 것처럼 보였다. 그는 내 눈앞에서 점점 커졌고, 사도使徒와도 같은 모습을 띠었다. 내게는 우리가 있던 장소가 차츰 상승하며 그 도회적 윤곽을 잃어가는 듯이 보였다. 언덕 위에서, 거대한 고독에 둘러싸여, 이 장면은 두 영 사이의 싸움이, 그리고 마치 성서적인 유혹과도 같은 것이 되어갔다. "안 돼!" 나는 말했다. "나는 자네의 하늘에 속하지 않아. 저 별에는 나를 기다리는 이들이 있다네. 그들은 자네가 고하는 계시보다 이전부터 있었지. 내가 그들을 만나도록 놔둬주게. 내가 사랑하는 여인도 그들 가운데 있으며, 우리는 거기서 다시 만나야 한다네!"[10]

10 스베덴보리에 의하면, 선한 사람들은 죽어서 천사가 되어 별에 산다고 한다. 오렐리아가 이미 '별'에 있다고 하는 것을 보면, 네르발은 자신의 죽음 외에 그녀의 죽음 또한 예감하고 있었던 것인지?

# 3

여기서 나에게는 꿈의 현실 속 분출이라고나 할 만한 것이 시작되었다. 그 순간부터 모든 것이 종종 이중적인 양상을 띠었는데, 그러면서도 사고는 결코 논리를 벗어나지 않았고, 기억은 내게 일어난 일의 극히 사소한 세부들조차 잃어버리지 않았다. 다만, 내 행동들은 외관상 비상식적으로 보였고, 인간 이성에 준하면 이른바 환상이라는 것을 따르고 있었다……

나에게는 여러 번 떠오른 생각이지만, 간혹 삶의 중대한 순간들에는 외부 세계[1]의 어떤 영이 돌연 평범한 인물의 모습을 띠고 나타나 우리에게 작용하거나 작용하려 하게 되는데, 그러면서도 막상 당사자는 그런 것을 의식하지도 기

---

1 여기서 영의 세계를 '내면'이나 '이면' 혹은 '배후'가 아니라 굳이 "외부 세계"라 한 것도 천체 이론을 위시한 계명주의 우주론의 영향일 터이다.

억하지도 못하는 성싶다.

내 친구는 자신의 노력이 소용없는 것을 보자 나를 놔
두고 갔다. 분명 내가 어떤 고정관념에 사로잡혀 있으며 걷
다 보면 나아지려니 생각한 모양이었다. 혼자가 되자, 나는
애써 일어나 내가 여전히 눈을 떼지 않고 있던 별을 향해 다
시금 길을 떠났다. 나는 걸으면서 신비한 찬가를 불렀는데,
마치 다른 어떤 삶에서 들었던 것이 기억나는 듯했고,[2] 그것
은 나를 형언할 수 없는 기쁨으로 가득 채웠다. 그러면서 나
는 내 지상의 옷들을 벗어 사방에 흩어버렸다. 길은 계속 상
승하고 별은 점점 커지는 듯했다. 나는 마침내 양팔을 벌린
채, 영혼이 육신으로부터 떠나갈, 별빛에 자기磁氣적으로 이
끌려갈 순간을 기다렸다.[3] 그때, 나는 전율을 느꼈다. 대지

---

**2** '전생에 들었던 노래'라는 것은 일찍부터 네르발을 사로잡은 주제들 가
운데 하나로서, 그의 대표작 중 하나로 꼽히는 소네트 「환상Fantaisie」
(1832)에서 이미 나타난다.

**3** 자기와 정전기는 일찍이 그리스의 황금시대부터 논의되었던 현상이지
만, 19세기 초까지만 해도 여전한 수수께끼였다. 독일 의사 메스머Franz
Anton Mesmer(1734~1815)는 '자기'란 심령 에너지의 발현으로 천체들
과 생물체들 간에는 자기적 상호작용이 있다고 하면서, 그것을 조절하여
병을 고칠 수 있다고 주장했다. 이렇듯 의학적 이론으로 출발한 자기술
magnétisme(체계적인 학문이나 이론이라기보다는 기껏해야 최면술 정도로
발전했으므로, 이런 역어가 적당할 것 같다)은 계명주의자들에 의해 우주
적 조화의 원리로 해석되었다. 전자기가 과학적으로 설명된 것은 1820년

와 내가 거기서 사랑하던 이들에 대한 미련이 내 마음을 사로잡았고, 나는 나를 끌어당기고 있는 영에게 마음속으로 하도 간절히 빌었으므로 사람들 사이로 다시 내려오는 듯이 느껴졌다. 야간 순찰대가 나를 둘러쌌고, 나는 아주 커진 듯한, 그리고 전기電氣적인 힘으로 넘쳐나서 내게 다가오는 모든 것을 뒤엎을 수 있을 듯한 생각이 들었다. 내가 나를 붙잡은 군인들의 힘과 생명을 다치게 하지 않으려고 기울였던 노력에는 다분히 회극적인 데가 있었다.

만일 내가 작가의 임무란 삶의 중대한 상황 가운데서 겪은 바를 성실하게 분석하는 것이라고 생각지 않는다면, 그리고 내가 유용하다고 여기는 목표를 스스로에게 부과하지 않는다면, 나는 여기서 쓰기를 멈추고, 그다음에 이어진 아마도 비이성적인, 혹은 속되게 말해 병적인 일련의 환상들을 묘사하려 하지 않을 것이다…… 야전침대 위에 누운

대 패러데이Michael Faraday(1791~1867)에 의해서인데, 패러데이도 전기, 자기, 중력 등을 모두 자연의 단일한 힘의 발현이라고 보았다는 점에서는 신비주의자들과 일맥상통하는 바가 있다. 위에서 "별빛에 자기적으로 이끌려갈 순간"을 기다렸다든가 하는 대목은 다분히 자기술의 영향을 받은 듯하지만, 뒤이어 별빛의 '자기'를 가득 받아 '전기적인 힘'으로 넘쳐났다고 하는 것을 보면, 네르발의 상상력도 이미 전기와 자기가 호환적이라는 패러데이의 발견에 힘입은 것인지? 『오렐리아』 초고에 의하면, 네르발은 그 겨울 브뤼셀에서 자기술 시연 모임에 참석했다고 한다.

내게는 하늘이 장막을 벗으면서 일찍이 들어본 적 없는 장엄함을 지닌 무수한 양상을 열어 보이는 듯했다. 마치 내가 떠나려던 대지 위에 내 정신의 모든 힘을 다해 다시금 발 디딘 것에 대한 후회라도 일으키려는 듯, 해방된 영혼의 운명이 계시되는 듯했다…… 무한 가운데 거대한 원들이, 마치 누군가 몸을 던져 흔들린 물이 만들어내는 파문처럼, 퍼져 나갔다. 매번 그려지는 원들은, 빛나는 모습들로 가득한 채, 채색되었고, 움직였고, 차례로 용해되었다. 그리고 늘 같은 한 여신이 미소 지으며 그 다양한 화신들의 덧없는 가면들을 벗어던지고는, 마침내 아시아 하늘의 신비한 찬란함 가운데로 잡을 수 없이 달아나버렸다.

누구나 간혹 꿈속에서 겪는 현상이지만, 이런 천상의 환상을 보면서 나는 내 주위에서 일어나는 일들도 의식하고 있었다. 야전침대에 누워, 나는 군인들이 나처럼 붙잡혀온 어떤 미지의 인물에 대해 이야기하는 것을 들었고, 그의 음성이 같은 방 안에서 울려 퍼졌다. 기이한 공명 효과로 인해, 나에게는 그 음성이 내 가슴속에서 울리는 것 같았고, 내 영혼은 환상과 현실 사이에서 분명히 구별되어, 말하자면 둘이 된 것만 같았다. 한순간, 나는 문제의 인물을 향해 애써 몸을 돌리려 했으나, 독일의 잘 알려진 전통을 기억해내고는 전율했다. 그에 따르면, 모든 사람에게는 저마다의 **분신**分身이 있으며, 사람이 자신의 분신을 볼 때는 죽음이 가깝다는 것이다.[4] 나는 눈을 감고, 나를 둘러싼 환상적인 또는 현실적인 모습들이 수천의 덧없는 겉모습들로 부서져나가는 혼란한 정신 상태에 빠졌다. 한순간, 나는 내 곁에서 나를 데리러 온 두 명의 친구[5]를 보았고, 군인들은 나를 가리켰다. 그러자 문이 열리더니, 누군지 얼굴은 보지 못했으나 내 키만 한 사람이 내 친구들과 함께 나갔으며, 나는 그들을 소리쳐 불렀으나 허사였다. "사람이 틀렸다니까!" 하고 나는 외쳤다. "그들이 찾으러 온 건 난데, 다른 사람이 나갔어!" 나는 소란을 떤 나머지 감방[6]에 갇혔다.

나는 거기서 여러 시간 동안 정신이 멍한 상태로 있었다. 마침내, 내가 아까 **보았다고 생각했던** 두 친구가 마차를 가지고 나를 데리러 왔다. 나는 그들에게 일어난 일을 모두 이야기했으나, 그들은 간밤에 온 적이 없다고 했다. 나는 그들과 함께 퍽 조용히 저녁 식사를 했다. 그러나 밤이 다가올

4 "분신"에 대한 이런 고정관념은 「실비」에서도 엿보이는 것으로, 『동방기행』 중 「칼리프 하켐의 이야기」나 『계명주의자들 *Les Illuminés*』 중 「정신병원의 왕」 등에서도 재확인된다. 『오렐리아』에서 분신이 등장하는 꿈들은 특히 「칼리프 하켐의 이야기」와 매우 유사하다. 하켐은 정신병원에 끌려간 사이에 그의 분신에게 왕위와 약혼녀를 빼앗기며, 분신으로부터 칼을 맞아 죽게 된다.
5 초고에는 테오필과 알퐁스. 즉, 테오필 고티에와 알퐁스 카르를 가리킨다.
6 감방cachot이 초고에는 유치장violon으로 되어 있다.

수록, 나는 전날 나에게 치명적이었던 시간을 경계해야 할 것만 같았다. 나는 그들 중 한 사람에게 그가 손가락에 끼고 있던, 내게는 마치 옛 부적처럼 보이는 동양의 반지를 달라고 하여, 스카프에 꿰어 터키석으로 된 반지 알이 내 목덜미의 통증이 느껴지는 점에 오도록 하여 둘러맸다. 내 생각으로는, 그 점이야말로 간밤에 내가 본 별로부터 나오는 어떤 빛줄기가 천정天頂과 내 사이를 잇는 순간 영혼이 빠져나가려 하던 지점이었다. 우연인지, 내가 그것에 대해 너무 생각한 탓인지, 나는 전날과 같은 시간에 벼락이라도 맞은 듯 쓰러졌다. 사람들은 나를 침대에 눕혔고, 오랫동안 나는 나를 스쳐 가는 영상들의 맥락을 이해하지 못했다.

이런 상태는 여러 날 동안 지속되었다. 나는 요양원으로 옮겨져 있었다.[7] 많은 친척과 친구들이 찾아왔으나, 나는 의식하지 못했다. 내게 있어 잠과 생시 간의 유일한 차이는, 생시에는 모든 것이 변모되어 보인다는 것이었다. 내게 다가오는 각각의 인물이 달라져 보였고, 물질적 대상들도 마치 그 형태가 변해 박명薄明과도 같은 것에 싸인 듯 있었다. 그리고 빛의 작용과 색채의 조합이 해체되면서, 나는 상호 연관되는 일련의 인상들에 줄곧 사로잡혀 있었으며, 꿈은

7 네르발이 정신병 발작으로 처음 입원한 것은 1841년 2월 말의 일이다. 픽퓌스가에 있던 마담 생트-콜롱브의 요양원이었다.

외적인 요소들로부터 한층 더 멀어져 그런 인상들의 개연성
을 유지시켜주고 있었다.

4

어느 날 저녁, 나는 분명 라인 강변으로 옮겨져 있다고 생각되었다. 내 맞은편에는 음산한 바위들이 어둠 속에 어렴풋이 그 모습을 드러내고 있었다. 나는 한 아담한 집으로 들어갔고, 저무는 저녁 햇살이 포도 덩굴 우거진 그 초록색 덧문 사이로 명랑하게 비쳐들고 있었다. 나는 마치 잘 아는 집에, 플랑드르의 화가로 한 세기도 더 전에 세상을 떠난 외삼촌의 집에 돌아온 듯했다.[1] 스케치한 그림들이 여기저기 걸려

---

1 묘사된 집은 네르발이 어린 시절에 살았던 모르트퐁텐의 외종조부 앙투안 부셰의 집과 흡사하다. 그 집에 처음 살았던 인물이 '피에르 올리비에 베가 드 네르발'이라는 데서, 그는 자신이 플랑드르 화가 올리비에 베가Olivier Béga(1703~1770)의 먼 후손이라고 상상했다는데, 여기서는 라인 강의 요정 로렐라이의 그림을 그린 독일 화가 카를 베가스Carl Joseph Begas(1794~1854)와 혼동한 듯하다.

있었고, 그중 하나는 이 강변의 유명한 요정²을 그린 것이었다. 한 늙은 하녀가, 내가 마르그리트라 부르며 어릴 적부터 알고 지낸 것만 같은 하녀가 내게 말했다. "잠자리에 들지 않겠어요? 멀리서 온 데다가, 아저씨도 늦게야 돌아오실 테니까요. 밤참 시간이 되면 깨워드리지요." 나는 커다란 붉은 꽃무늬 사라사 휘장이 드리워진 기둥 달린 침대 위에 누웠다. 내 맞은편에는 시골풍의 벽시계가 걸려 있었고, 그 시계 위에는 새가 한 마리 앉아서 마치 사람처럼 이야기하기 시작했다. 나는 내 선조의 영혼이 그 새 안에 있다는 생각이 들었지만, 한 세기 전으로 옮겨져 있다는 데 놀라지 않았듯이, 그가 하는 말이나 그의 모습에도 별로 놀라지 않았다. 새는 나에게 여러 시대에 살았고 또 죽었던 내 가족들에 대해, 마치 그들이 동시적으로 존재하기나 하는 듯이 이야기하며, 이렇게 말했다. "보다시피 당신 아저씨는 **그녀의** 초상

---

2 물론, 로렐라이를 가리킨다. 네르발은 『로렐라이』(1852)라는 제목으로 독일과 플랑드르 지방의 여행기를 발표한 바 있거니와, 그 「서문」에서 자신이 저 노래하는 불길한 요정에게 매혹된 나머지 암벽에 부딪혀 익사할 뻔했노라고, 10년 전의 발병에 대해 비유적으로 말하고 있다. 그 비유에 따르면, 로렐라이는 오렐리아(역시 노래하는 여배우)의 한 현신이라 할 수 있을 것이며(이름의 유사성도 무시할 수 없을 터이다), 뒤이어 강가에서 물망초를 바라보고 있는 여인의 모습에서도 로렐라이와 오렐리아의 중첩된 영상을 엿볼 수 있다.

화를 미리 만들어두었지요…… 이제 **그녀는** 우리와 함께 있답니다." 나는 독일식 옛 의상을 입고 강가에 앉아 한 무리물망초를 응시하고 있는 여인의 그림으로 시선을 옮겼다. 그러나 어둠이 점차 짙어졌고, 나는 정신이 가물거리면서, 거기서 보이고 들리고 느껴지는 온갖 것들이 뒤죽박죽이 되더니, 지구를 관통하는 심연 속으로 떨어지는 것만 같았다.[3] 나는 용해된 금속의 흐름에 의해 아무 고통 없이 실려 가는 것을 느꼈고, 빛깔에 따라 화학적 성분이 다른 수천의 비슷한 흐름들이 마치 혈관들처럼, 그리고 뇌엽腦葉들 사이로 구불거리는 정맥들처럼 대지의 품을 관류하고 있었다. 모든것이 그렇듯 흐르고, 순환하고, 진동했으며, 나는 그 흐름들이 분자 상태의 살아 있는 영혼들로 이루어져 있고, 단지 그움직임이 너무 빨라 분간할 수 없을 뿐이라는 느낌이 들었다. 희부연한 밝음이 차츰 이 갱도들 속으로 스며들었고, 나는 마침내, 거대한 원형 천장과도 같이 새로운 지평선이 펼쳐지며, 거기 빛나는 파도에 둘러싸인 섬들이 윤곽을 드러내는 것을 보았다. 나는 태양 없이도 밝게 비춰는 그 물가에 있었고, 한 노인이 밭을 가는 것을 보았다. 나는 그가 새

---

3 조상들이 사는 지하 세계, 중심화의 열기에 금속들이 용해되어 흐르는 세계는 『동방 기행』 중 아도니람의 이야기에서 투발-카인이 안내해 보여 주는 지하 세계, 아도니람의 조상인 카인의 후예들이 사는 세계를 상기시 킨다. 마찬가지로, 네르발도 이 지하 세계에서 그의 선조들을 만나게 된다.

의 음성으로 내게 말하던 바로 그 사람이라는 것을 알아보았고, 그가 내게 말했던 것인지 아니면 내가 내 속에서 그를 이해했던 것인지 모르지만, 선조들이 지상으로 우리를 찾아올 때면 특정한 짐승의 형태를 취하며, 그렇듯 말 없는 관찰자가 되어 우리 삶의 단계들을 지켜본다는 것을 분명히 알 수 있었다.

노인은 하던 일을 놔둔 채 나를 데리고 그 근처에 있는 어떤 집으로 갔다. 주변 풍경은 내 친척들이 한때 살았던, 그리고 그들의 무덤이 있는, 프랑스 쪽 플랑드르의 한 고장을 생각나게 했다. 숲 가장자리 작은 수풀에 둘러싸인 밭, 인근의 호수, 강과 빨래터, 마을과 그 오르막길, 어두운 빛깔의 사암 언덕들, 그리고 금작화와 히스의 덤불, 내가 사랑하던 장소들의 영상이 생생했다. 다만, 내가 들어간 집은 전혀 모르는 집이었다. 나는 그 집이 내가 알지 못하는 시절부터 있었다는 것을, 또 내가 방문하고 있던 그 세계에서는 사물들의 망령이 육신의 망령을 따라다닌다는 것을 알게 되었다.

나는 많은 사람들이 모여 있는 널따란 방으로 들어갔다. 사방에 아는 얼굴들이 보였다. 내가 여읜 친척들의 생김새가 더 옛날의 옷차림을 한 다른 사람들 속에도 있었고, 그들은 한결같이 나를 자식처럼 반가이 맞아주었다. 그들은 집안의 잔치를 위해 모여 있는 성싶었다. 이 친척들 중 한 사람이 다가와 정답게 나를 얼싸안았다. 그는 빛깔이 바랜 듯한 옛날 옷을 입고 있었으며, 분을 뿌린 머리칼 아래 웃음 짓는 그 얼굴에는 어딘가 나와 닮은 데가 있었다. 그는 내게 다른 사람들보다 한층 더 살아 있는 것처럼, 말하자면 내 정신과 한층 더 적극적인 관계에 있는 것처럼 보였다. 그는 내 아저씨였다. 그는 나를 자기 곁에 앉혔고, 우리 사이에는 일종의 의사소통이 — 왜냐하면 그의 음성을 들었다고는 할 수 없으니까 — 이루어졌다. 그저, 내 생각이 옮겨가는 데에 따라 그에 대한 설명이 즉시로 명백해졌고, 내 눈앞에는 영상들이 마치 움직이는 그림처럼 선명히 떠올라왔다.

"그러니까 정말이로군요!" 나는 황홀한 심정으로 말했다. "우리는 불멸이고, 우리는 여기서 우리가 살았던 세상의 영상들을 간직하는 것이군요! 우리가 사랑했던 모든 것이 항상 우리 주위에 있으리라고 생각하니 얼마나 행복한지요!…… 전 정말 사는 데 지쳤었거든요!"

"기뻐하기에는 아직 일러." 그가 말했다. "너는 아직 저 위 세상에 속해 있고, 아직도 여러 해 더 험한 시련들을 겪어야 한다. 너를 매혹하는 이곳의 삶에도 나름대로의 고통과 투쟁과 위험이 있지. 우리가 살았던 지상은 언제나 우리의 운명들이 맺어지고 풀어지는 극장이고, 우리는 그것을 생동케 하는, 그리고 이미 약해진 중심화中心火의 빛살들이야……"[4]

"뭐라고요!" 나는 말했다. "지구도 죽을 수 있고, 그러면 우리는 무無가 된다고요?"

"무無란," 하고 그가 말했다. "흔히 생각하는 그런 의미로 존재하는 것이 아니야. 하지만 지구 자체도 물질적인 몸이고, 영들의 총화가 그 영혼이지. 물질은 정신만큼이나 소멸하지 않되, 선악에 따라 변할 수는 있거든. 우리의 과거와 미래는 이어져 있어. 우리는 우리의 종족 속에, 우리의 종족은 우리 속에 사는 것이지."

그 생각은 곧 내게 이해되었고, 마치 방의 벽들이 무한한 원경遠景을 향해 열리기나 한 듯이, 끝없이 이어지는 남자들과 여자들의 행렬이 나타났으니, 내가 그 안에 있고 그

---

4 중심화의 개념은 일찍이 피타고라스 때부터 있었던 것이고, 뒤이어 지구 전체를 살아 있는 동물로 보는 개념도 이미 르네상스 시대의 신비주의자들에게서 나타나는 것이지만, 좀더 가까운 예로는 네르발이 『계명주의자들』에 그 전기를 실었던, 레티프 드 라 브르톤Rétif de la Bretonne(1734~1806)에게서도 이런 유기적 세계관과 피타고라스적 윤회론의 결합의 예를 찾아볼 수 있다. 레티프에 의하면, 우주의 시작은 태양이며, 그것으로부터 다른 태양들이, 또 그것들로부터 지구와 행성들이 나오는 것으로, 언젠가 지구는 태양으로, 또 거기서 근원의 태양으로 환원되며, 태양은 신에게로 환원되어 동질성을 회복할 것이고, 이런 과정이 무한히 반복되리라고 한다. 다시 말해, 모든 존재는 신이라는 동일한 존재로부터 나와 궁극적으로는 신에게로 돌아가는 것이며, 따라서 개별적인 죽음은 존재들의 총화에로의 귀환이 된다. 네르발의 "꿈"은 이런 사상적 전통에 비추어 이해될 수 있을 것이다.

들이 내 안에 있었다. 모든 민족의 의상들, 모든 나라의 영상들이 동시에 분명히 구별되어 보이는 것이, 한 세기의 행동을 1분간의 꿈속에 집약시키는 시간의 현상과도 비슷한 공간의 현상에 의해, 내 주의력은 다중화되면서도 혼동되지 않는 듯했다. 내 놀라움은 그 거대한 행렬이 단지 방 안에 있던 인물들로만 이루어져 있으며, 그들의 영상들이 무수히 바뀌는 양상들로 분화되고 결합되는 것임을 보고 한층 더 커졌다.

"우리는 일곱이군요." 나는 내 아저씨에게 말했다.

"왜냐하면," 하고 그는 말했다. "그것이 각 인간 가족의 전형적인 수이기 때문이지. 그리고 확대하여, 일곱의 일곱 배, 또 그 일곱 배……가 되는 것이야."[5]

나는 이 대답을 이해시키기를 바랄 수 없으니, 그것은 내게도 여전히 애매하기 때문이다. 그때 내가 그 사람들의

---

5 일곱은 노아 가족의 수였다. 하지만 일곱 중 한 명은 엘로임의 자손들과 신비하게 결부되어 있다…… 상상력은, 한순간의 섬광과도 같이, 내게 인도의 여러 신들을 원시적으로 집약된 가족의 이미지들로 보여주었다. 나는 여기서 더 나아가기가 두렵다. 왜냐하면 성삼위에는 아직도 가공할 신비가 있으니까…… 우리는 성서의 법칙 아래 태어난 것이다.(원주)
성서에 따르면 노아의 가족은 그 자신과 세 아들, 그리고 각자의 아내까지 모두 여덟 명이고, 이는 8=7+1, 즉 창조의 완전수 7에 더하여, 새로운 출발 내지는 구원을 알리는 수로 해석되곤 한다. 노아 가족이 일곱이고

수와 일반적 조화 간의 관계에 대해 깨달았던 바는 형이상학의 어떤 용어로도 설명되지 않는다. 아버지와 어머니에게서 자연의 전기력들과 유사한 것을 발견하기는 쉬우나, 그들로부터 나온 개별적인 중심들은 어떻게 규명할 것인가? 그것들은 그들로부터, 집단적 생령生靈의 **모습**처럼 발현되거니와, 그 조합은 복합적이면서도 한정된 것일 터이다. 그보다는 차라리 꽃에게 그 꽃잎의 수를, 아니면 그 꽃부리의 나뉜 모양을…… 땅에게 그것이 그려내는 형태들을, 태양에게 그것이 방출하는 색채들을 묻는 편이 나을 터이다.

그중 한 명이 '엘로임의 자손들과 결부되어 있다'라는 네르발의 주석은 모종의 비의적 전승에 의거해 있는 듯하다. 네르발의 '엘로임'이란, 아담과 이브가 창조되기 이전부터 존재했던 반半신적인 거대한 존재를 가리킨다 (제1부 7장 주7 참조).

## 5

내 주위에 있는 모든 것의 형태가 변해갔다. 나와 이야기하던 영靈도 더 이상 같은 모습이 아니었다. 그는 이제 젊은 청년이 되어 내게 생각들을 전하기보다는 내게서 생각들을 받아들이고 있었다…… 나는 현기증 나는 저 고지高地에서 너무 멀리 나아갔던가? 나는 이런 문제들이 애매하거나 위험하다는 것을, 당시 내 눈앞에 있던 세계의 영들에게조차 그렇다는 것을, 알 것만 같았다…… 아마도 어떤 상위의 권능이 내 그런 모색을 방해하고 있는지도 몰랐다. 나는 몹시 붐비는 낯선 도시의 길을 헤매고 있는 자신을 발견했다. 그 도시는 언덕들의 굴곡이 심하고, 도시를 굽어보는 산에는 집들이 다닥다닥 붙어 있었다. 이 수도首都의 사람들 가운데서, 특별한 민족에 속하는 것으로 보이는 몇몇 사람들이 내 눈길을 끌었다. 그들의 힘차고 단호한 태도, 뚜렷한 생김새는 외지인과의 왕래가 별로 없는 산지나 외딴섬의 독립적이고 전투적인 종족들을 생각나게 했지만, 그들은 여기 대도시 한복판에서, 뒤섞여 살고 있는 범용한 사람들 가운데서, 그처럼 거친 개성을 견지할 줄 아는 것이었다. 그들은 대체 어떤 사람들이었던가? 나의 안내자는 나를 데리고 가파르고 소란한, 공장의 갖가지 소음이 울려 퍼지는 길로 올라갔다. 그런 다음 또 긴 계단들을 올라갔고, 그 너머에 이르자 시야가 트였다. 여기저기에, 덩굴시렁을 씌운 테라스들, 평평하게 고른 터 위에 만들어놓은 작은 정원들, 지붕들, 보기 드문 인내심으로 날렵하게 짓고 칠하고 조각한 정자들이 있었고, 오르막을 따라 길게 줄지은 녹음의 경관이 마치 감미로운 오아시스의 광경처럼, 저 아래 세상의 소란과 소음 위쪽에 아무도 모르는 고적孤寂한 광경처럼, 눈을 유혹했고 정신을 흡족케 했다. 거기서는 온갖 소음이 아득히 멀어지는 것이었다. 지하 묘지며 납골당의 그늘 속에 사는 추방된 종족들에 대한 이야기가 간혹 전해오거니와, 여기서는 분명 그 반대였다. 한 행복한 종족이 스스로를 위해, 꽃과 새들이 사랑하는, 맑은 공기와 밝은 빛이 있는 이 은거지를 만든 것이었다. "그들은 우리가 지금 있는 도시를 내려다보는 산의 옛 주민들이지요." 내 안내자가 말했다. "오래전부터 그들은 순박하게, 서로 사랑하며 정의롭게, 태초의 자연스러운 미덕들을 간직한 채 살아왔답니다. 주위 사람들은 그들을 존경하고 그들의 본을 따랐지요."

나는 있던 곳으로부터, 안내자를 따라, 지붕들이 이상한 모양으로 모여 있는 저 높은 동네들 중 하나로 내려갔다. 나는 마치 여러 다른 시대의 건물들이 층층이 쌓인 것을 디디는 듯한 느낌이 들었다. 저 유령 같은 건물들 밑에는 항상 다른 건물들이 있었고, 건물들마다 각 세기의 특징적인 취향을 보이고 있었으니, 바람이 잘 통하고, 살아 있으며, 무수한 빛살이 비쳐들지만 않는다면, 마치 고대 도시들을 발굴하는 광경과도 같은 것이었다. 나는 마침내 아주 넓은 방에 이르렀는데, 그곳에서는 한 노인이 테이블 앞에 앉아 뭔가 만드는 일을 하고 있었다. 내가 문간을 지날 때, 흰옷을 입은 한 사람이, 그 얼굴은 잘 보이지 않았지만, 손에 들고 있던 무기로 나를 위협했으나,[1] 나와 함께 가던 이가 그에게 물러서라는 손짓을 해 보였다. 마치 내가 저 은거지의 신비를 알아내는 것을 막으려 하는 것처럼 보였다. 안내자에게 아무것도 묻지 않고도, 나는 직감적으로 그 높고도 깊은 곳들이 산의 원주민들의 은거지임을 알아차렸다. 새로운 종족들이 계속 밀어닥치는 데 맞서, 그들은 그곳에서 순박하게, 서로 사랑하며 정의롭게, 용의주도하고 강건하고 영리하게, 그리고 그처럼 여러 차례 그들의 유산을 침범했던 눈먼 대

---

1 여전히 얼굴을 보이지 않는 이 '분신'은 이제 무기를 들고 있다는 점에서 좀더 칼리프 하켐의 분신과 비슷해져 있다.

중의 승리자가 되어 살아가는 것이었다. 게다가 타락하지도, 파괴되지도, 노예가 되지도 않은 채, 무지無知를 정복하기는 했으되 순수하게, 풍족한 가운데 청빈의 미덕을 지키면서 말이다! 한 아이가 땅바닥에 앉아 수정들과 조개껍질들과 무엇인가 새겨진 돌멩이들을 가지고서, 아마도 공부하는 놀이를 하는 듯 놀고 있었다. 나이는 들었으나 여전히 아름다운 한 여인이 집안일을 하고 있었다. 그때, 여러 명의 젊은이들이 일터에서 돌아오는 듯 요란하게 들어왔다. 나는 그들이 모두 흰옷을 입은 것을 보고 놀랐지만, 그것은 내 착시인 듯, 안내자는 내게 그들의 다채로운 옷 빛깔을 묘사하여 그 실제 빛깔을 이해시켜주었다. 나를 놀라게 한 흰빛은 아마도 특이한 광택 때문에, 프리즘의 여느 빛깔들이 한데 섞이는 빛의 작용에서 생겨나는 것일 터였다. 나는 방에서 나와 평지에 꾸며놓은 테라스로 갔다. 그곳에서는 소녀들과 아이들이 돌아다니며 놀고 있었다. 그들의 옷 역시 다른 사람들의 옷처럼 희게 보였으나, 장밋빛 자수가 놓아져 있었다. 이 사람들은 너무나도 아름답고, 생김새가 우아하며, 그들 영혼의 눈부신 빛이 그 섬세한 형태들을 통해 그처럼 생생히 비쳐 보였으므로, 모두가 일종의 사랑을 불러일으켰다. 편애도 욕망도 없이, 젊은 날 막연한 열정들의 온갖 도취가 거기 들어 있었다.

　　나는 내가 알지 못하면서도 소중하게 여겨지던 그 사랑

스러운 이들에 대해 느꼈던 감정을 잘 옮길 수가 없다. 그들은 마치 원초적이고 천상적인 가족과도 같았으며, 그들의 미소 짓는 눈은 부드러운 연민의 빛을 띠고서 내 눈을 찾고 있었다. 나는 마치 잃어버린 낙원이라도 생각난 듯이, 뜨거운 눈물을 흘리며 울기 시작했다. 거기에서 나는 낯설고도 소중한 이 세계를 그저 지나갈 뿐이라는 것을 쓰라리게 느끼고는, 다시 삶으로 돌아가야 한다는 생각에 전율했다. 여인들과 아이들은 내 주위에 몰려들어 나를 붙들려 했지만 소용이 없었다. 이미 그들의 매혹적인 형태들은 흐릿한 증기 속에 녹아들었고, 아름다운 얼굴들은 창백해졌으며, 뚜렷한 윤곽들, 빛나는 눈들은 어스름에 잠기어, 그 마지막 미소만이 여전히 빛나고 있었다……

　　이런 것이 내가 본 환상이다. 또는 적어도 내가 기억할 수 있는 주된 세부들은 그러하다. 내가 여러 날째 빠져 있던 강직증強直症 상태는 내게 과학적으로 설명되었으나, 그런 상태의 나를 보았던 이들의 이야기는 일종의 짜증을 일으켰으니, 내게는 일련의 논리적인 사건의 여러 단계에 해당하는 말과 행동을 그들은 정신착란 탓으로 돌리는 것이었다. 나는, 내가 영으로 본 것들에 대해 하는 이야기를 참을성 있게 또는 나와 같은 생각을 가지고서 들어주는 친구들이 더 좋았다. 그들 중 하나는 눈물을 흘리며 내게 말했다.

　　"신이 계시다는 것은 정말이지 않은가?"

"그렇다네!" 나는 열정적으로 대답했다.

우리는 내가 엿본 신비한 본향本鄕의 형제나 되는 듯이 얼싸안았다. 그 확신은 내게 얼마나 기쁜 것이었던가! 그리하여 가장 훌륭한 정신들에게까지 영향을 미치는, 영혼의 불멸성에 대한 영원한 의심이 나에게는 해결된 것이었다. 죽음도 슬픔도 근심도 더는 없었다. 내가 사랑하는 이들, 친척들, 친구들은 내게 그들이 영원히 존재한다는 확실한 신호를 보내주었다. 나는 낮 시간 동안에만 그들과 헤어져 있었다. 나는 감미로운 우수에 잠겨 밤 시간을 기다렸다.

## 6

내가 꾼 또 다른 꿈이 그런 생각을 확신시켜주었다. 나는 내 선조의 집에 있는 어느 방 안에 있었다. 방은 크기만 좀 커진 듯했다. 오래된 가구들은 반들반들하게 윤이 났고, 카펫이며 커튼들은 새로 바꾼 것 같았으며, 자연의 빛보다 세 배나 더 밝은 빛이 격자창과 문을 통해 들어오고 있었다. 공기에는 이른 봄날 아침과도 같은 신선함과 향기가 스며 있었다. 여자 셋이 이 방에서 일하고 있었는데, 내 젊은 시절의 여자 친척이며 친구들과 꼭 닮은 것은 아니면서도, 어딘가 그녀들을 연상시키는 데가 있었다. 그녀들 각자가 여러 친척이며 친구들의 생김새를 지니고 있는 듯했다. 그녀들의 얼굴 윤곽은 마치 등불의 불꽃처럼 자꾸 달라졌고, 시시각각 무엇인가가 한 얼굴에서 다른 얼굴로 옮겨갔다. 그녀들은 마치 동일한 삶을 살기나 했던 것처럼, 그리고 각자가 모두로서 이루어져 있는 것처럼, 미소, 음성, 눈과 머리칼의 빛깔, 체격, 동작의 버릇 같은 것들이 서로서로 바뀌는 것이 었다. 그녀들은 마치 화가들이 완벽한 아름다움을 실현하기 위해 여러 모델로부터 모방하는 저 전형들과도 같았다.

가장 나이 든 여자가 내게 말을 걸었는데, 그 노래하듯 울려 퍼지는 음성은 어린 시절에 들은 적이 있는 것이었고, 그녀가 무슨 말을 했는지는 기억나지 않지만 그 지당함에 나는 깊은 감명을 받았다. 그러나 그녀는 나에게 자신을 돌아보게 했고, 나는 내가 구식의 작은 갈색 양복을 입고 있는 것을 보았다. 그것은 전부 거미줄처럼 가는 실로 짠 옷으로, 깔끔하고, 우아하고, 좋은 냄새가 배어 있었다. 나는 그녀들이 요정의 손으로 짠 그 옷을 입은 덕분에 아주 젊고 말쑥해진 것을 느끼고는, 마치 아름다운 귀부인들 앞에 선 어린아이처럼 얼굴을 붉히며 그녀들에게 감사했다. 그러자 그녀들 중 한 사람이 일어나 정원을 향해 갔다.[1]

누구나 알다시피, 꿈속에서는, 종종 훨씬 더 밝은 빛을 느끼기는 하지만, 태양은 결코 볼 수가 없다. 사물들과 물체들이 스스로 빛을 내는 것이다. 나는 검고 흰 포도송이들이 묵직하게 달린 아치형 덩굴시렁이 줄지어 있는 작은 정원에

1 실 잣는 세 여자라는 이미지는 곧 인간의 생사를 주관하는 파르카 여신들les Parques을 연상시킨다. 뿐만 아니라 『동방 기행』에서 네르발은 그녀들 중 맏이(본문 중 "가장 나이 든 여자")를 하계의 비너스Vénus souterraine와 동일시했다(Le Voyage en Orient, Pléiade II, p. 77).

있었다. 나를 인도하던 부인이 그 아치들 아래로 나아가자, 격자무늬 시렁의 그림자 때문에 그녀의 모습과 옷차림은 자꾸 달라져 보였다. 그녀는 마침내 거기서 나왔고, 우리는 활짝 트인 공간으로 나서게 되었다. 거기서는 전에 그곳에 십자로 나 있던 옛 오솔길들의 흔적을 간신히 알아볼 수 있었다. 여러 해 전부터 밭은 버려져 있었고, 사방에 널린 참으아리, 홉, 인동忍冬, 말리茉莉, 담쟁이, 쥐방울 등등의 식물이 힘차게 뻗어 오른 나무들 사이로 그 긴 덩굴을 펼치고 있었다. 열매 달린 가지들은 땅바닥까지 휘늘어졌고, 야생 상태로 돌아간 몇몇 정원용 화초가 잡초 덤불 사이에서 피어나고 있었다.

여기저기에 커다란 포플러며, 아카시아, 소나무가 서 있었고, 그 가운데에는 세월에 검게 바랜 조각상들이 엿보였다. 내 앞에는 담쟁이로 뒤덮인 바위들이 쌓여 있었고, 거기에서 생수의 샘이 솟고 있었으며, 그 물은 커다란 연잎들로 반쯤 가려진 잔잔한 수반 위로 듣기 좋게 졸졸 흘러내리고 있었다.

내가 따라가던 부인은 시시각각 빛깔이 변하는 호박단으로 된 옷의 주름들을 반짝이면서 훤칠한 몸매를 일으켜, 그 드러난 팔로 삼색 장미의 긴 줄기를 우아하게 감싸 안았다.[2] 그러고는 밝은 빛줄기 아래서 커지기 시작하더니, 점차 정원 전체가 그녀의 모습을 띠었고, 화단이며 나무들은 그

녀의 옷에 달린 장미꽃 장식이며 꽃줄 장식이 되었으며, 그
녀의 얼굴과 양팔은 하늘의 자줏빛 구름을 배경으로 선명한
윤곽을 드러내고 있었다. 그녀는 그렇듯 변모하면서 내 시
야에서 벗어나, 자신의 거대함 가운데로 사라져가는 성싶었
다. "오! 달아나지 말아요!" 나는 소리쳤다…… "당신이 사라
지면 자연도 죽어요!"[3]

그렇게 말하면서, 마치 내게서 멀어져가는 확대된 그
림자를 잡기나 하려는 것처럼, 나는 가시밭을 헤치며 힘들
게 걸었다. 그러다가 부딪힌 것이 어느 퇴락한 담벼락이었
고, 그 발치에는 여인의 흉상이 널브러져 있었다. 그것을 주
워 들면서, 나는 그것이 그녀를 새긴 것이라는 생각이 들었
다…… 나는 그 사랑스러운 모습을 알아보았으나, 문득 주

---

2 rose trémière는 '접시꽃'에 해당하지만, 직역하여 "삼색 장미"로 옮기는
것은, 『환상시집 Les Chimères』 중 「아르테미스」에서도 볼 수 있듯이, 흰
장미나 붉은 장미와 대비되는 이미지이기 때문이다. 그녀가 '삼색 장미를
감싸 안았다'는 것은, 삼색 장미로 상징되는 세 명의 비너스 즉 천상과 지
상과 하계의 비너스가 모두 그녀 안에 구현됨을 보여주는 상징적인 동작
이라 할 수 있다.
3 뒤에서 네르발은 이 꿈속의 여신이 다름 아닌 오렐리아였다고 회상하
거니와, 그녀가 사라진 하계(제2부에서 보게 되듯이, 오렐리아가 그리스도
교도로 죽었다는 사실은 그에게 큰 중요성을 띤다)는 더 이상 행복한 원초
적 낙원이 아니며, 따라서 이어지는 꿈속에서 지하 세계는 불길한 색채를
띠게 된다.

위를 둘러보니, 정원은 마치 묘지처럼 보였다. 음성들이 이렇게 말하고 있었다. "우주는 어둠에 잠겼도다!"

# 7

그토록 행복하게 시작되었던 이 꿈은 나를 큰 혼란에 빠뜨렸다. 그것은 무엇을 의미하는 것이었던가? 나는 그것을 나중에야 알게 되었다. 오렐리아가 죽었던 것이다.[1]

처음에는 그녀가 아프다는 소식만을 들었다. 내 정신 상태로 인해, 나는 희망이 섞인 막연한 비애밖에 느끼지 못했다. 나는 나 자신도 얼마 더 살지 못하리라고 믿었고, 그 꿈을 꾼 이후로는 서로 사랑하는 사람들이 다시 만나게 되는 세계의 존재를 확신하고 있었다. 더구나 그녀는 살아서보다는 죽은 뒤에 더욱 내 사람이 되었으니…… 이런 이기적인 생각에 대해 훗날 내 이성은 쓰라린 회한으로 그 대가를 치르게 될 것이었다.

나는 예감을 지나치게 믿고 싶지 않으며, 때로는 우연

---

1 네르발의 '오렐리아'였던 여배우 제니 콜롱은 1842년에 죽었다.

이 기이한 일들을 만들어내기도 한다. 하지만 그 무렵 나는 우리의 너무나도 짧았던 결합에 관한 추억에 사로잡혀 있었다. 예전에 나는 그녀에게 심장 모양으로 깎은 오팔이 박힌, 오래된 반지를 하나 주었었다. 그 반지는 그녀의 손가락에 너무 헐거웠으므로, 나는 고리를 끊어 줄여야겠다고, 치명적인 생각을 했다. 톱질하는 소리를 들었을 때에야 비로소 나는 내 잘못을 깨달았다. 마치 피가 흐르는 것이 보이는 듯했다……

뛰어난 의술 덕에 건강은 되찾았으나, 내 정신 속에는 아직 인간 이성의 정상적인 흐름이 돌아오지 않은 채였다. 내가 머물던 요양원[2]은 높은 지대에 자리 잡고 있었으며, 진귀한 나무들을 심은 널찍한 정원이 있었다. 그 집이 있던 언덕 위의 맑은 공기, 봄의 첫 숨결들, 극히 우호적인 교제의 즐거움 등은 나에게 길고 고요한 나날을 가져다주었다.

무화과나무의 첫 잎들은 마치 파라오의 수탉 깃털 장식과도 같은 선명한 빛깔로 나를 황홀케 했다. 평원을 향해 트인 전망이 아침부터 저녁까지 매혹적인 풍광을 보여주었으며, 그 점차 변하는 색조들은 내 상상력을 즐겁게 했다. 나

---

2 1841년 3월 16일 픽퓌스가의 요양원에서 퇴원한 지 닷새 만에 네르발은 다시 발작을 일으켰고, 이번에는 몽마르트르에 있는 블랑슈 의사 Esprit Blanche(1796~1852)의 요양원에서 8개월간 입원 생활을 했다.

는 작은 동산이며 구름을 신적인 형상들로 가득 채우곤 했으니, 내게는 그 생김새들이 확연히 눈에 보이는 것만 같았다. 나는 내 마음에 드는 상념들을 좀더 확실히 간직하고 싶어서 주워 모은 숯이며 벽돌 조각을 가지고서 내게 떠오른 영상들을 그렸으며, 그런 프레스코화들로 얼마 안 가 벽을 뒤덮게 되었다. 하나의 얼굴이 항상 다른 것들을 지배했으니, 그것은 내 꿈에 나타났던 것처럼 여신의 모습으로 그려진 오렐리아의 얼굴이었다. 그녀의 발밑에는 바퀴가 돌고 있었고,[3] 신들이 그녀를 수행하고 있었다. 나는 꽃이며 풀에서 즙을 짜내어 이런 그림에 색칠까지 했다. 그 소중한 우상 앞에서 나는 얼마나 무수히 꿈꾸었던가! 거기에 그치지 않고, 나는 또 흙을 가지고 내가 사랑하던 여인을 빚어보려고도 했다. 하지만 아침마다 처음부터 다시 작업을 시작해야 했으니, 광인들이 내 행복을 질투한 나머지 그 조각상을 파괴해버리곤 했기 때문이다.

사람들은 내게 종이를 주었고, 나는 오래도록 골몰하여, 내가 아는 모든 언어로 된[4] 비문碑文과 시와 이야기를 곁들인 무수한 그림들로, 공부한 기억과 꿈의 단편들이 뒤섞

---

3 운명의 여신 포르투나Fortuna의 상징물 중 하나인 바퀴일 터이다.
4 네르발은 독일어, 고전 그리스어와 라틴어 외에 페르시아어, 아랍어 등에도 능했다고 한다.

인 일종의 세계 역사를 나타내려 했다.[5] 그런 역사는 내가 몰두할수록 한층 더 생생해졌고, 혹은 그로 인해 몰두하는 시간이 더 길어지기도 했다. 나는 창조에 관한 현대적 전통들로 만족하지 않았다. 내 생각은 그 너머로 거슬러 올라가, 마치 기억 속에서인 듯, 정령들이 부적을 사용하여 만들어낸 최초의 계약을 일별했다. 나는 신성한 **서판**書板[6]의 돌들을 다시 짜 맞추고, 그 주위에는 자기들끼리 세상을 나누어 가졌던 최초의 일곱 **엘로임**[7]을 그려 넣고자 했다.

5  18세기 말 계명주의자들의 한 특성은, 가령 중세 신비주의자들처럼 절대자와의 신비적 합일을 추구한다거나 하는 일보다, 창조의 신비 자체를 논리적으로 해명하기에 몰두했다는 데 있다. 시원始原으로부터 종말에 이르기까지, 영으로부터 물질에 이르기까지, 전 우주의 역사를 재구성하는 것은 그들의 가장 중요한 과업 중 하나였고, 여러 가지 가설이 제출되었다.

6  헤르메스 트리메기스투스에 의한 것으로 알려진 『에메랄드 서판』을 가리킨다. 거기에는 비학秘學의 모든 법칙이 간단명료하게 새겨져 있다고 한다.

7  『동방 기행』에 따르면, 엘로임les Eloim이란 "이집트인들이 아몬신이라고 부르던 태초의 정령들이며, 페르시아 전통에 따르면 아도나이 혹은 여호와도 엘로임 중의 하나라고 한다"(Pléiade II, p. 557). 본래 히브리어에서 유일신을 가리키는 말은 엘로아Eloah이며, 그 복수형 엘로임Eloim은 그보다 못한 이교의 신들이나 천사들, 강한 인간들을 가리키는 데 쓰였다고 한다(같은 책, p. 1409). 유일한 지고의 존재가 그보다 못한 하위 신(조물주)들을 동원하여 삼라만상을 창조했다고 하는 것은 신플라톤주의 이래의 전통이거니와, 18세기 말의 어떤 계명주의자들은 이런 전통을 계승·

동방의 전승에서 빌려온 이런 역사 체계는 자연의 권능들 간의 행복한 조화로써 시작하며, 그 권능들이 우주를 형성하고 조직하는 것이었다. 작업이 시작되기 전날 밤, 나는 내가 창조의 첫 싹들이 약동하는 한 어둑한 행성으로 옮겨져 있다고 믿었다. 아직 물렁물렁한 진흙 가운데서 거대한 종려나무며, 독 있는 버들옷大戟, 선인장 주위에 비틀린 아칸서스들이 자라나고 있었다 메마른 바위들이 마치 이 창조의 스케치에서 뼈대를 이루기라도 하듯 솟아 있었고, 야생식물이 뒤얽힌 가운데서 흉측한 파충류들이 똬리를 틀었다 풀었다 하면서 이리저리 기어 다니고 있었다. 창백한 별빛들만이 이 기이한 지평의 푸르스름한 경치를 비추었으나, 이런 창조가 이루어짐에 따라, 좀더 밝은 별 하나가 거기에서 빛의 싹들을 틔우고 있었다.

확충하여, 창조에 참여한 하위 신들을 엘로임이라 불렀다. 네르발의 '엘로임'이라는 개념도 이들의 영향을 받은 것으로 보인다.

그러더니 괴물들은 형태를 바꾸었고, 첫번째 거죽을 벗어 버리고는, 거대한 발을 딛고 한층 더 막강하게 일어섰다. 그 거대한 몸뚱이들은 나뭇가지며 풀을 짓밟았고, 자연의 무질서 가운데서 서로 싸움을 벌였으니, 나 또한 거기 끼어 있었다. 나도 그들만큼이나 이상한 몸을 하고 있었던 것이다. 갑자기 기이한 화음이 우리의 고독 속에서 울려 퍼졌으며, 태곳적 존재들의 혼란한 외침과 우짖음과 지저귐이 차츰 그 신적인 음률에 맞추어져 가는 듯했다.[1] 무한한 변주가 이어졌고, 행성은 점점 밝아지면서 신적인 형상들이 깊고 푸른 숲 위로 윤곽을 드러냈으며, 내가 보았던 모든 괴물은 이제 길이 들어서 그 기괴한 형태들을 벗어버리고 인간의 남자들

---

1 피타고라스 이래 신비주의 전통에서 수는 세계의 비밀을 푸는 열쇠로 간주되어왔다. 수의 조화로써 이루어지는 음악은 우주적 조화의 원리다.

과 여자들이 되어가고 있었다. 또 그렇게 변모하는 가운데, 들짐승이나 물고기나 새의 형상을 입는 것들도 있었다.[2]

대체 누가 그 기적을 일으켰는가? 한 찬란한 여신이, 이 새로운 **현신**現身들 속에서, 인류의 빠른 진화를 인도하고 있었다. 그리하여 새로부터 시작하여 짐승과 물고기와 파충류를 포함하는 종족의 구분이 생겨났으니, 디브, 페리, 옹댕, 살라망드르가 그것이었다.[3] 이런 존재들 중 하나가 죽을 때

2 18세기 말~19세기 초에는 동물계통학, 고대생물학 등이 발전하면서 진화의 가능성 여부가 중요한 과학적 관심사가 되었으며, 창조의 신비에 관한 이런 논의는 계명주의자들에게도 무관한 것이 아니어서, 가령 앞서 언급했던 레티프(제1부 4장 주4 참조) 같은 이에게서는 라마르크 Lamarck(1744~1829) 류의 진화론과 윤회론이 기묘하게 결합되어 있는 것을 볼 수 있다. 모든 존재가 궁극적으로 신이라는 동일한 존재로부터 나와 그에게로 돌아간다고 보는 레티프는, 모든 개별적 존재들의 총화는 단일한 동물이며, 그 동물이 무수한 윤회를 거치면서 여러 가지 종으로 진화했다고 주장한다. 네르발 역시 비슷한 개념에서 출발한 것으로 보이며, 거기에 그는 동방의 신비주의를 위시한 다양한 독서 경험 및 특유의 카인주의를 결합시켜 독특한 인류 역사를 펼쳐 보이고 있다.

3 이에 대해『동방 기행』보유補遺 II~IV의 설명을 대강 옮겨보면 다음과 같다. "〔……〕시리아에는 카인족 혹은 카인의 자손을 믿는 종교의 수많은 흔적들이 남아 있다. 〔……〕성서적 역사의 어떤 부분들은 아랍 정신을 통해 새로운 관점을 취하게 되는 것이다. 〔……〕그들은 땅이, 인간들에게 속하기 이전 7만 년 동안, 코란에 따르면 고상하고 섬세하고 빛나는 질료로써 태초에 창조되었던 네 종족의 지배를 받았었다고 상상한다. 그것들이 디브les Dives, 진les Djinns, 아프리트les Afrites, 그리고 페

마다, 그것은 곧 한층 더 아름다운 형태로 거듭 태어나 신들의 영광을 노래하는 것이었다. 그러나 엘로임 중 한 명은 흙의 원소들로 이루어진 다섯번째 종족을 창조할 생각을 했고, 그것이 이른바 **아프리트족**族이었다.[4] 이는 세계의 새로운

리les Péris이며, 이들은 북유럽 신화의 옹댕les ondins, 그놈les gnomes, 실프les sylphes, 살라망드르les salamandres처럼, 본래 네 가지 원소에 속한다"(Pléiade II, pp. 686~687). 하지만 "디브-진-아프리트-페리"가 "옹댕(물의 요정)-그놈(땅의 신령)-실프(공기의 요정)-살라망드르(불도마뱀)"에 그대로 대응하는 것 같지는 않다. 본문에는 이 두 가지 계열의 종족들이 뒤섞여 있을 뿐 아니라, 아프리트족이 다섯번째 종족으로 언급된다. 그런가 하면 『동방 기행』 중 아도니람의 이야기에서는 "진흙으로부터 태어난, 아도나이의 아들들"과 "불의 원소로부터 나온, 엘로임의 자손인 진족"(같은 책, p. 558)을 대결시키는 것으로 보아, 네르발 자신도 이 종족들을 확연히 구분했던 것 같지는 않다. '디브'란 "인간도 천사도 악마도 아닌 거대한 정령"을 말하며, '페리'란 '요정'인데 단수의 경우 여성 관사가 붙는 것으로 보아(une péri) 아마도 선녀쯤에 해당하는 듯하다.
4 『동방 기행』에서는 아프리트들을 곧 "악령mauvais esprits"이라고 정의했다(같은 책, p. 212). 아랍인들에 의하면, 아프리트는 메두사(머리칼이 뱀들인 여자) 혹은 라미(얼굴은 여자고 몸은 뱀인 괴물)의 형태를 한 가장 끔찍한 괴물이라고 하며, 18세기 계명주의자 중 한 사람인 윌리엄 벡퍼드William Beckford(1760~1844)에 의하면, 아프리트족은 빛의 천사(루시퍼, 즉 악마)인 에블리스의 호위대에 속한다고 한다. 하지만, 앞서 인용했던 『동방 기행』 보유 II~IV에 의하면 태초의 네 종족에 이어 창조된 것은 다름 아닌 인간이며, 또 이어지는 본문에서도 "흙의 원소들로 이루어진" 이들이 "세계의 새로운 소유자들"이 된다는 점으로 미루어 보아, 여기서는 아프리트족이 곧 인류에 해당하는가도 싶지만, 말이 원의原義와 그렇게

소유자들을 인정하려 들지 않는 정령들[5] 가운데서는 완전한
혁명의 신호였다. 지구를 피로 물들인 이런 싸움은 몇천 년
동안이나 계속되었다. 엘로임 중 셋이 그들 종족의 정령들[6]
과 더불어 마침내 땅의 남쪽으로 유배되었고, 거기에서 그
들은 거대한 왕국들을 세웠다. 그들은 세계들을 연결시키는
신성한 마법의 비밀을 가지고 간 데다, 그들과 항상 소통하
고 있는 어떤 별들을 숭배함으로써 힘을 얻는 것이었다. 땅
의 변경으로 추방된 이 마술사들은 자기들끼리 권능을 전수
하기로 합의해 있었다.

여인들과 노예들에게 둘러싸인 그들의 군주들은 각기
자기 자식 중 한 명의 형태로 환생하는 권능을 확보하고 있
었다. 그들의 생명은 천년이나 되었다. 그들의 죽음이 다가
오면, 강력한 마법사들이 그들을 철저히 수비된 묘혈 속에
가두고는 각종 영약靈藥과 몸을 보존하는 자양을 공급해준
다. 그들은 한참이나 더 살아 있는 모습을 유지한 뒤에, 마치

판이한 의미로 쓰일 수 있을 것 같지는 않다. 아니면, 네르발이 무엇인가
혼동을 일으킨 것인지?
5 여기서 "정령들les Esprits"이란 앞서 언급되었던 네 종족을 가리키는
듯하다.
6 여기서 "그들 종족의 정령들les Esprits de leur races"이란 역시 엘로
임이 처음 만들었던 네 종족을 가리키는 듯하나, 계속되는 이야기에서 엄
밀한 일관성을 찾기는 어려울 듯하다.

고치를 짓는 번데기처럼 40일 동안 잠이 들었다가, 훗날 왕국을 물려받을 어린아이의 모습으로 다시 태어나는 것이다.

하지만, 이렇듯 새로운 후손들에게서 늘 같은 혈통을 이어가는 이 가문을 먹여 살리느라, 땅의 생명력은 고갈되어갔다. 납골당이며 피라미드 아래 파여 있는 거대한 지하의 장소들에, 그들은 과거 종족들의 모든 보물과 그들을 신들의 진노로부터 지켜주는 모종의 부적들을 쌓아놓고 있었다.

이처럼 기이한 신비가 일어나는 것은 달의 산맥[7]과 고대 에티오피아 너머에 있는 아프리카의 한복판에서였으니, 오랫동안 나는 거기서 인류의 일부와 함께 포로 상태에서 신음했었다. 예전에 그처럼 푸르렀던 수풀에는 이제 파리한 꽃들과 시든 잎밖에 달려 있지 않았고, 가차 없는 태양이 이 고장을 삼킬 듯했으며, 이 영원한 왕조들의 연약한 아이들은 삶의 무게에 짓눌린 것처럼 보였다. 엄숙한 예의범절과 예식으로 규제되는 위압적이고 단조로운 위대함은 아무도 거기서 벗어날 수 없게끔 모든 사람을 억누르고 있었다. 노인들은 위엄 있는 의관과 장식의 무게 아래서, 그들에게 불멸을 보장해주는 지식을 가진 의사들과 사제들 사이에서 지쳐 있었다. 민중으로 말할 것 같으면, 엄격히 나뉜 신분 계

---

7 달의 산맥Montes Lunae이란 아프리카 동부, 나일 강의 수원지에 있었다고 하는 전설적인 산맥 또는 산지이다.

급에 영원히 매여, 생명도 자유도 바랄 수 없었다. 죽음과
불모에 잠식당한 나무들 밑에서, 말라버린 샘터에서, 바싹
마른 풀밭에서, 핏기 없고 무기력한 아이들과 젊은 여인들
이 시들어가는 것이 보였다. 왕궁의 찬란함, 주랑들의 장엄
함, 의복과 장식들의 휘황함은 이 고적함 속의 영원한 권태
에 대한 미약한 위로밖에 되지 않았다.

   사람들은 곧 여러 가지 병으로 급격히 죽어갔고, 짐승
과 식물도 죽었으며, 불멸의 존재들마저도 그들의 호화찬란
한 의복 아래서 쇠잔해갔다. 다른 것들보다 한층 큰 재앙이
밀어닥쳐 세계를 쇄신하고 구원했다. 오리온 성좌는 하늘의
수문을 열어 큰 비를 내렸고, 반대편 극지의 얼음으로 너무
무거워진 지구는 제자리에서 반 바퀴 돌았으며, 바다는 해
일을 일으켜 아프리카와 아시아의 고원들 위로 넘쳐흘렀다.
범람한 물은 모래땅을 적시고, 무덤들과 피라미드들을 채웠
으며, 40일 동안 신비한 방주 하나가 새로운 창조의 희망을
싣고 바다 위를 운항했다.

   세 명의 엘로임은 아프리카의 가장 높은 산봉우리 위로
피신했다. 그들 가운데 다툼이 일어났다. 여기서부터는, 내
기억이 흐려져서 이 지고至高의 투쟁이 어떻게 끝났는지 알
수가 없다. 단지, 물에 잠긴 한 봉우리 위에서, 그들로부터
버림받은 한 여자가 산발을 한 채 아우성치며 죽음과 싸우
던 것만이 아직도 눈에 선하다. 그녀의 애절한 어조가 물소

리를 압도하고 있었다…… 그녀는 구원되었는지? 나는 알지 못한다. 그녀의 형제인 신들이 그녀를 버린 것이었으나, 그녀의 머리 위쪽에는 빛나는 저녁 별이 이마 위에 타는 듯한 빛줄기를 쏟아붓고 있었다.

땅과 하늘의 끊임없는 찬가가 조화롭게 울려 퍼져 새로운 종족들의 화합을 축성했다. 그리고 노아의 아들들이 새로운 태양 아래서 힘들게 일하는 동안, 주술사들은 그들의 지하 거주지에 틀어박혀 여전히 자신들의 재보를 지키며 침묵과 밤 속에 안주하고 있었다. 때로 그들은 은신처에서 조심스레 나와 산 자들을 두렵게 하거나 악인들 사이에 자기네 지식의 불길한 교훈을 퍼뜨리곤 했다.[8]

이상과 같은 것이 내가 과거에 대해 일종의 막연한 직관으로 그려낸 회상이거니와, 나는 저주받은 종족의 흉측한 몰골을 그려내면서 전율했다. 도처에서 영원한 어머니의 고통당하는 영상이 죽어가고, 눈물 흘리고, 기진해가고 있었

---

8 『동방 기행』에서도 대홍수에 살아남은 엘로임의 자손들이 지하에서 명맥을 유지해온 것으로 이야기되기는 하지만, 거기서는 그들이야말로 진정한 강자이며 장차 아도니람은 아도나이에 맞서 지상에 "신성한 원소인 불"에 대한 예배를 되살릴 왕들의 조상이 되리라고 예언된다. 반면, 『오렐리아』에서 지하 세계는, 처음에는 "선조들의 세계" "잃어버린 낙원" "신비한 본향" 등으로 이상화되지만, 하계의 여신이 사라진(오렐리아가 죽은) 뒤로는 저주받은 종족의 은거지로 이야기된다.

다. 아시아와 아프리카의 저 생소한 문명들 가운데서는 항상 동일한 영들이 새로운 형태로 재연하는 통음난무와 살육의 피비린내 나는 장면이 반복되는 것이다.

그 마지막 장면은 그라나다에서 일어났으니, 거기에서는 그리스도교도들과 무어인들[9] 사이의 싸움으로 신성한 부적이 무너져 내리고 있었다. 이 영원한 원수들의 복수는 다른 하늘들 아래서도 반복될 터인즉, 세계는 얼마나 더 오래 고통당해야 할 것인가! 지구를 감싸고 있는 것은 뱀의 잘린 토막들[10]이다…… 검으로 잘린 그 토막들은 인간의 피로써 결합된 흉측한 입맞춤 속에 재결합하는 것이다.

9 본래는 사하라 서부의 주민을 가리키는 말이지만, 회교도 전체, 특히 스페인을 정복한 회교도들을 가리킨다.
10 동방 신비주의를 다룬 18세기 말의 여러 저작에는 세계를 뱀에 둘러싸인 알로 나타낸 삽화들이 자주 실렸다고 한다. 한편 스칸디나비아 신화에서는, 불의 신 로키가 낳은 거대한 뱀이 바다 밑에서 세계를 말아 감고서 꼬리를 입에 물고 있으며, 천둥의 신 토르가 라그나뢰크(세상의 종말) 때 그의 철퇴로 뱀을 죽인다고 한다. 네르발이 상상했던 뱀 역시 이런 뱀들과 무관하지 않을 것이다.

## 9

이런 것들이 차례로 내 눈앞에 나타났던 영상들이다. 내 정신에는 조금씩 평온이 돌아왔고, 나는 내게 낙원이던 그 요양원을 떠났다. 중단되었던 이 기이한 몽상들은, 오랜 후에,[1] 불가피한 상황들이 가져온 병의 재발로 인해 다시금 이어지게 되었다. 나는 종교적인 생각과 관련된 어떤 일에 골몰하여 들판을 거닐고 있었다. 어느 집 앞을 지나다가, 나는 사람들이 가르쳐준 몇 마디 말을 지절대는 새소리를 듣게 되었는데, 그 분명치 않은 수다가 내게는 어떤 의미를 가지고 있는 것처럼 느껴졌다. 그것은 내가 앞서 이야기했던 꿈속의 새를 상기시켰고, 나는 불길한 예감에 몸을 떨었다.

1 뒤이어 이야기되는 사고는 1851년 9월 친구였던 몽마르트르의 한 인쇄업자의 집에서 일어났으니, 앞서 이야기된 1841년 2월의 정신착란 내지 꿈 이후 10년이 지난 셈이다.

몇 걸음 더 갔을 때, 나는 오래전부터 만나지 못했던, 그 근방에 사는 한 친구를 만났다. 그는 내게 자기 소유지를 보여주고 싶어 했으며, 그렇게 해서 찾아간 나를 그는 광대한 지평선이 바라다보이는 높직한 테라스로 데리고 올라갔다. 석양이 질 무렵이었다. 시골풍의 계단을 내려오다가, 나는 걸음을 헛디뎌 가구 모서리에 가슴을 부딪히고 말았다. 그래도 몸을 일으킬 만한 힘은 있었고, 나는 정원 한가운데로 달려 나갔다. 치명상을 입은 줄로만 알고, 죽기 전에 지는 해를 마지막으로 한 번 보려 했던 것이다. 그런 순간이면 찾아들게 마련인 회한 가운데서, 나는 그렇게, 그 시간에, 나무와 포도 시렁과 가을꽃 가운데서 죽는다는 것이 행복하게 느껴졌다. 그러나 나는 잠시 실신했을 뿐으로, 정신이 든 뒤에는 집으로 돌아가 침대에 누울 수 있었다. 신열이 나를 덮쳤다. 넘어졌던 지점을 상기하다가, 나는 내가 찬탄했던 그 전망이 묘지, 오렐리아의 무덤이 있는 바로 그 묘지를 향해 나 있던 것을 기억했다.[2] 정말이지 그제야 비로소 그 생각이 났으니, 만일 그렇지 않았다면 내가 넘어진 것도 그 광경이 내게 안겨준 인상 탓이라고 할 수 있을 터였다. 이런 것도 내게 운명이라는 관념을 한층 더 분명한 것으로 만들어주었다. 나는 죽어서 그녀와 하나가 되지 못한 것을 더욱 유

---

2 제니 콜롱은 실제로 몽마르트르 묘지에 묻혔다.

감으로 여겼다. 그렇지만, 곰곰이 따져보니, 내게는 그럴 자격이 없다는 생각이 들었다. 나는 그녀가 죽은 뒤로 내가 어떻게 살아왔던가를 쓰디쓴 마음으로 돌아보았고, 그녀를 잊어서가 아니라 — 그런 일은 결코 일어나지 않았지만 — 안이한 애정 행각들로 그녀의 기억을 훼손한 데 대해, 자신을 책망했다. 꿈을 청해보자는 생각이 떠올랐으나, 전에는 종종 나타나곤 하던 **그녀의** 영상도 더는 내 꿈을 찾아들지 않았다. 처음에는 피로 물든 장면들이 뒤섞인 혼란스러운 꿈들밖에 꾸지 않았다. 내가 일찍이 엿보았던 세계, 그녀가 여왕이던 이상적인 세계의 한복판에서, 파멸을 가져오는 종족이 미친 듯 날뛰는 것만 같았다. **신비한 도시**의 고지에 사는 저 순수한 가문들의 거주지에서 나를 위협했던 바로 그 영이 내 앞을 스쳐 갔다. 그때 그가 입고 있었던 것은 자기 종족과 같은 흰옷이 아니라, 동방의 왕자 차림이었다.[3] 나는 달려들어 그를 위협했으나, 그는 조용히 내 쪽을 돌아다보았다. 오 두렵게도! 오 분하게도! 그것은 내 얼굴, 이상화되고 확대된 내 모습 그대로였다…… 그러자, 나는 나와 같은 날 밤에 체포되었다가 두 친구가 나를 찾으러 왔을 때 내 이

---

3 이런 내용 역시 『동방 기행』 중 「칼리프 하켐의 이야기」를 상기시킨다. 뒤이어 분신이 무기로 그를 친다든가, 분신이 그를 대신하여 오렐리아와 결혼하리라든가 하는 것도 역시 하켐의 이야기에서와 같다.

름으로 수비대에서 나간 것으로 생각되었던 인물이 떠올랐다. 그는 손에 형태를 잘 분간할 수 없는 무기를 들고 있었고, 그와 동행하던 이들 중 하나가 말했다. "바로 저걸로 그를 쳤다네."

내 생각 속에서는 지상의 사건이 초자연적인 세계의 사건과 일치할 수 있었다는 것을 어떻게 설명해야 할지 모르겠다. 그런 것은 분명한 말로 하기보다 **느끼는** 편이 쉬울 터이다.[4] 그러나 나이면서 내 밖에 있는 저 영은 대체 무엇이었던가? 그가 바로 전설에서 말하는 **분신**, 동방인들이 **페루에**[5]라 부르는 신비한 형제인가? 밤새도록 숲에서 모르는 이와 싸웠는데 그것이 바로 자신이더라는 저 기사의 이야기에 나는 큰 충격을 받지 않았던가? 하여간 나는 인간의 상상력은, 이 세상에서건 저 세상에서건, 진실이 아닌 것은 생각해 낸 적이 없다고 믿고 있었으며, 따라서 그처럼 분명히 **본** 것을 의심할 수 없었다.

한 가지 두려운 생각이 떠올랐다. '인간은 이중적이다' 하고 나는 생각했다. "나는 내 안에 두 사람이 있는 것을 느낀다"라고 한 교부敎父는 썼다. 두 영혼의 경쟁이 이 혼합된

---

4 내게는 이것이 넘어질 때 받은 충격을 암시했다.(원주)
5 페루에Ferouer란 조로아스터교에서 모든 신과 인간과 동물에 선재하며 그보다 더 오래 살아남는, 영원히 환생하는 분신을 가리킨다.

싹을 하나의 육신 안에 위탁했으니, 육신 그 자체도 그것을 구성하는 모든 기관 속에 재현된 유사한 두 부분을 보여주는 것이다. 모든 인간의 내부에는 방관자와 행위자가 있으며, 말하는 자와 대답하는 자가 있다. 동방인들은 거기에서 두 원수를, 선한 정령과 악한 정령을 보았다. '나는 선한 쪽인가? 악한 쪽인가?' 하고 나는 생각했다. '어쨌든, **분신**은 내게 적대적이다…… 이 두 영이 분리되는 특정한 상황, 특정한 나이가 없는지 누가 알겠는가? 둘 다 물질적 친화력에 의해 동일한 육신에 결부되어 있기는 하지만, 어쩌면 그 하나에게는 영광과 행복이, 다른 하나에게는 멸망과 영원한 고통이 약속되어 있는지?' 불길한 섬광이 문득 이 어둠을 가로질렀다…… 오렐리아는 더 이상 내 사람이 아니었다!……다른 곳에서 거행되고 있는 어떤 예식과 신비한 결혼식의 준비에 대한 이야기가 들려오는 듯했다. 그것은 내 결혼식이었는데, 저 분신이 내 친구들과 오렐리아의 착각을 이용하려는 것이었다. 나를 보러 와서 위로해주던 가장 친한 사람들마저도 의혹에 사로잡혀 있는 듯했으니, 그들 영혼의 두 부분도 나에 대해 의견이 나뉘어, 한쪽은 애정과 신뢰를 보이면서도, 다른 쪽은 나에 대해 갑자기 죽은 듯 냉담해진 것만 같았다. 이 사람들이 내게 말하는 것에는 이중적인 의미가 있었으나, 그들 자신은 나처럼 **영으로** 있지 않았으므로 알아채지 못하는 것이었다. 한번은 앙피트리옹[6]이나 소지[7]가 떠올라서, 그런 생각마저 우스워 보이기도 했다. 그러나, 만일 저 기괴한 상징이 다른 것이라면, 만일 고대의 다른 우화에서처럼, 광기의 가면을 쓴 숙명적인 진실이라면? '그렇다면,' 하고 나는 생각했다. '숙명적인 영과 맞서 싸워보자. 전통과 학문의 무기를 들고, 신 그 자신과 싸워보자. 그가 어둠과 밤 속에서 무엇을 하건, 나는 살아 있다. 그리고 아직 지상에서 사는 한 얼마든지, 나는 그를 이겨낼 수 있는 것이다.'

6 Amphitryon. 고대 그리스의 전설적인 왕으로, 제우스는 그로 변장하고 그의 왕비 알크메네를 유혹하여 헤라클레스를 낳게 한다. 로마 시인 플라우투스에 이어, 몰리에르를 위시한 근현대 극작가들이 이 이야기를 소재로 한 작품들을 썼다.
7 Sosie. 몰리에르의 「앙피트리옹」에 등장하는 앙피트리옹의 하인. 제우스를 수행하는 메르쿠리우스가 소지로 변장한다.

## 10

이런 생각들로 인해 내가 차츰 빠져들게 되었던 이상한 절망감을 어떻게 묘사할 것인가? 악한 정령이 영혼들의 세계에서 내 자리를 차지해버렸다. 오렐리아에게는 그가 바로 나였으며, 내 육신을 살아 움직이게 하는 기구한 영은 약해지고 능멸당하고 그녀가 알아보지도 못하게 되어, 절망 혹은 허무에 영영 내몰린 것이었다. 나는 내 의지의 모든 힘을 동원하여, 내가 간혹 그 너울들을 들춰보았던 신비를 좀더 꿰뚫어 보려 했다. 꿈은 내 노력을 희롱하기 일쑤였고, 기괴하고 덧없는 얼굴들밖에 보여주지 않았다. 나는 여기서 이런 정신의 긴장이 가져온 결과에 대해 다분히 기묘한 설명밖에 할 수가 없다. 나는 마치 길이가 무한한, 팽팽히 당겨진 실 위로 미끄러지는 듯한 느낌이었다. 땅속에는, 전에 보았던 대로, 금속들이 갖가지 빛깔의 흐름으로 녹아 흐르고 있었는데, 중심화가 달아오름에 따라 점차 밝아졌으며, 그

백열하는 빛은 안쪽 궤도의 측면을 물들이는 앵둣빛과 함께 녹아들었다. 나는 이따금씩 구름처럼 공중에 매달려 있는 거대한 물웅덩이를 만나 놀라곤 했는데, 그것은 워낙 농도가 짙어서 한 움큼씩 떼어낼 수 있을 정도였다. 그러나 그것이 지상의 물과 다른 액체라는 것은 명백한 일이었으니, 그것은 분명 영들의 세계에서 바다와 강에 해당하는 것이 증발하여 생긴 것일 터였다.

나는 기복이 심한 널따란 해안이 보이는 곳에 이르렀다. 해안을 뒤덮은 일종의 갈대는 푸르죽죽한 빛깔로, 마치 작열하는 태양에 말라버린 듯이 끝이 누렇게 시들어 있었지만, 다른 때와 마찬가지로, 태양은 보이지 않았다. 꼭대기에 성이 하나 있는 언덕을 나는 올라가기 시작했다. 언덕 너머에는 거대한 도시가 펼쳐져 있었다. 산을 넘는 동안 밤이 되었고, 인가와 도로의 불빛들이 눈에 들어왔다. 내려가다가 시장을 만났는데, 거기서는 프랑스 남부의 것과 같은 과일이며 채소를 팔고 있었다.

나는 어둑한 계단을 통해 내려가서 길거리에 이르렀다. 카지노[1]의 개장을 알리는 광고가 나붙어 있었고, 그 경품이 항목별로 자세히 열거되어 있었다. 인쇄물의 가장자리에는

1 19세기의 카지노는 오늘날과 같은 도박장이라기보다 공연, 무도회 등이 열리는 일종의 사교장이었다.

꽃줄 장식이 둘러져 있었는데, 하도 잘 그리고 색칠한 것이라 마치 진짜처럼 보였다. 건물의 일부는 아직 짓는 중이었다. 어느 작업장으로 들어가 보니, 인부들이 진흙으로 라마 모양을 한, 하지만 분명 커다란 날개가 달린 듯이 보이는, 거대한 짐승을 빚고 있었다. 한 줄기 불길이 그 괴물을 관통하여 차츰 생명을 부여하는 듯했고, 그리하여 무수한 붉은 불빛을 받으며 뒤틀리는 그 몸뚱이에는 정맥이며 동맥이 생겨나 생기 없는 물질을 생동케 했으며, 순식간에 자라난 섬유질 돌기 같은 지느러미와 무성한 털이 온몸을 뒤덮었다. 나는 멈춰 서서 그 걸작을 바라보았고, 거기서 신적인 창조의 비밀을 엿본 느낌이었다. "왜냐하면," 하고 누군가가 말했다. "여기에는 최초의 존재들에게 생명을 부여한 태초의 불이 있기 때문이오…… 전에는 그 불이 땅의 표면까지 솟구쳤지만, 이제는 근원들이 말라버렸다오." 나는 또한 금속 세공 작업도 보았는데, 지상에는 알려지지 않은 두 가지 금속이 사용되고 있었으니, 하나는 진사辰砂에 해당하는 듯한 붉은 것이었고, 다른 하나는 창공의 푸른빛이었다. 장식은 망치질을 하거나 끌로 새기지 않고, 마치 그 어떤 화학적 혼합물로부터 다시 태어나는 금속성 식물처럼, 스스로 모양이 갖추어지고 칠해지고 피어나는 것이었다. "인간들도 만듭니까?" 하고 한 인부에게 물어보았더니, 그는 이렇게 대답했다. "인간들은 아래서부터가 아니라 위에서부터 오는 거요. 우리가 스스로를 창조할 수 있겠소? 여기서는 우리 산업의 점진적인 발전을 통해, 지각을 형성하는 물질보다 좀더 섬세한 물질을 만들어낼 뿐이라오. 당신에게는 진짜처럼 보였던 저 꽃이나 마치 살아 있는 듯한 저 짐승도 우리 지식의 최고 수준에 달한 기술의 산물일 뿐이며, 여기서는 누구나 그렇게 생각할 거요."

대강 이상과 같은 것이 내가 들은 혹은 내가 그 의미를 납득했다고 생각했던 말들이다. 나는 카지노의 방들을 둘러보기 시작했고, 거기에 큰 무리가 모여 있는 것을 보았다. 그중에는 내가 아는 사람들도 몇 명 보였는데, 산 사람들도 있었고, 여러 시대에 걸쳐 죽은 사람들도 있었다. 전자들은 나를 보지 못하는 듯한 반면, 후자들은 나를 아는 것 같지 않으면서도 내게 대답해주었다. 나는 가장 큰 방에 이르렀는데, 그 방의 벽은 금실로 호화로운 무늬를 정교하게 짜 넣은 진홍 우단으로 씌워져 있었다. 한가운데에는 보좌 모양의 안락의자가 하나 있었다. 지나가던 몇몇 사람이 거기 앉아 푹신함을 시험해보려 했으나, 준비가 다 끝나지 않았는지 다른 방들로 가곤 했다. 결혼식이며 신랑에 대한 이야기가 한창이었는데, 들리는 말로는 신랑이 도착하여 축제의 시간을 알리게 되리라고 했다. 곧 미친 듯한 흥분이 나를 사로잡았다. 나는 사람들이 기다리는 것이 오렐리아와 결혼할 내 **분신**이라고 상상했고, 그래서 모인 사람들을 경악케 할 만한 소동을 일으켰다. 나는 입을 열어 격한 어조로, 내 억울한 사정을 설명하고 나를 아는 자들의 도움을 구했다. 한 노인이 내게 말했다. "하지만 그런 식으로 행동하는 게 아니오. 당신은 모든 사람을 두렵게 하오." 그래서 나는 외쳤다. "나는 그가 이미 자신의 무기로 나를 쳤다는 걸 알고 있소. 하지만 나는 두려움 없이 그를 기다리고 있으며, 반드시 그를 이겨낼 신호를 가지고 있소."

그때, 내가 들어오면서 가보았던 작업장의 인부 중 하나가 나타났는데, 불에 달군 철퇴 같은 것이 달린 긴 막대기를 들고 있었다. 나는 그에게 덤비려 했으나, 그가 겨누고 있던 철퇴가 내 머리를 줄곧 위협했다…… 주위에서는 내 무력함을 비웃는 듯했다…… 그래서 나는 말할 수 없는 자만으로 가득 찬 마음으로 보좌가 있는 데까지 물러서서, 내게는 마법적인 권능을 지닌 것처럼 보이는 신호를 하기 위해 팔을 쳐들었다. 한 여인의 비명이, 가슴을 찢는 고통으로 떨리는 그 또렷한 소리가, 나를 소스라쳐 깨어나게 했다! 내가 입 밖에 내려 했던 알지 못하는 말의 음절들이 내 입술 위에서 스러져갔다…… 나는 급히 바닥으로 내려와 뜨거운 눈물을 흘리며 열렬히 기도하기 시작했다. 그러나 방금 어둠 속에서 그토록 고통스럽게 울려 퍼졌던 저 음성은 대체 무엇이란 말인가?

그것은 꿈속의 소리가 아니라 산 사람의 음성이었지

만, 내게는 그것이 오렐리아의 음성이며 어조처럼 느껴졌다……

창문을 열어보았다. 모든 것이 고요했고, 비명은 다시 들리지 않았다. 밖에 나가서 알아보았지만, 아무도 아무것도 듣지 못했다는 것이었다. 하지만 나는 아직도 그 비명이 실제로 있었고 산 자들의 공기가 그 소리로 진동했었다고 확신하고 있다……

분명 사람들은 우연히 그때 어느 아픈 여인이 내 집 근처에서 소리를 질렀으리라고 말할 것이다. 그러나, 내 생각으로는, 지상의 사건은 보이지 않는 세계의 사건과 연결되어 있다. 그것은 나 자신도 잘 이해할 수 없는, 명확히 규명하기보다는 그저 가리켜 보이는 편이 더 쉬운, 그런 기이한 관계들 중 하나인 것이다……

나는 무슨 짓을 했던가? 나는 내 영혼에 불멸의 존재에 대한 확신을 주었던 마법적인 우주의 조화를 흔들어놓았던 것이다. 나는 어쩌면 신의 계율을 범하면서까지 가공할 신비를 꿰뚫고 싶어 했기 때문에 저주받은 것인지도 몰랐다.[2] 이제 나를 기다리는 것은 노여움과 경멸밖에 없었다! 성난

2 이미 제1부 1장의 "사랑하던 이로부터 더는 용서를 바랄 수도 없는 과오로 인해 버림받은 내게는……"(96쪽) 같은 구절에서도 드러나듯이, 과오 혹은 죄는 네르발의 영적 모험에서 중요한 동기를 이룬다. 이제 죄의식이 표면화되면서부터, 제2부에서는 속죄와 용서가 주요 주제가 된다.

그림자들이 비명을 지르면서, 공중에 불길한 원을 그리면서, 마치 폭풍이 다가올 때의 새 떼처럼, 달아나고 있었다.

# 제2부

에우리디케! 에우리디케![1]

## 1

두번째로 잃어버린 여인!

모든 것이 끝났고, 모든 것이 지나가버렸다! 이제는 내가 죽어야 하며, 그것도 희망 없이 죽어야 한다! 죽음이란 대체 무엇인가? 만일 그것이 무無라면…… 부디 그것이 신의 뜻이기를! 그러나 신조차도 죽음이 무가 되게 할 수는 없다.

그렇다면 어찌하여 그토록 오랜만에 처음으로 나는 **그**

---

[1] 그리스 신화에서 하계의 신 플루토는 오르페우스가 하계로 내려와 아내 에우리디케를 되찾는 것을 허락하지만, 단 지상에 이르기 전에는 뒤돌아보지 말아야 한다는 조건을 단다. 오르페우스는 뒤돌아보았고, 이번에는 영원히 아내를 잃게 된다. 네르발이 "두번째로 잃어버린 여인!"이라고 하는 것은 죽음으로 잃은 여인을 꿈속에서 다시 잃어버렸다는 말이다.

를 생각하는가? 내 정신 속에 형성되었던 치명적인 체계는 그 유일한 절대성을 인정하지 않고 있었다…… 혹은 그것은 존재들의 총화 속에 흡수되고 있었으니, 그것은 무력하고 자신의 광대함 가운데 사라져버린 루크레티우스의 신이었다.[2]

하지만 그녀는 신을 믿었으며, 나는 어느 날 그녀가 예수의 이름을 입에 올리는 것을 들은 적이 있었다. 그 이름이 어찌나 부드럽게 흘러나오는지, 나는 그 때문에 눈물까지 흘렸었다. 오 신이여! 그 눈물, 그 눈물은…… 옛날에 말라 버렸나이다! 그 눈물을, 오 신이여! 돌려주소서!

영혼이 삶과 꿈 사이, 정신의 무질서와 냉정한 사고의 회복 사이를 불안정하게 떠돌 때, 도움을 청해야 할 곳은 바로 종교적 사상이다. 나는 결코 저 철학[3]에서 도움을 발견할 수 없었으니, 그것은 우리에게 이기주의나 기껏해야 호혜주의의 경구들과 공허한 경험, 쓰디쓴 의혹밖에는 보여주지 않는다. 철학은 감수성을 둔화시킴으로써 심적인 고통을 덜

---

2 로마 시인 루크레티우스Lucretius(BC 98~BC 55)는 그의 『자연론*De rerum natura*』에서, 우주를 물질주의적으로 해명함으로써 신에 대한 두려움을 없애고자 했다. 그에 의하면 삼라만상은 물질의 원자들이 우연적으로 결합하여 생긴 것으로, 영혼은 정념의 혼란을 벗어버림으로써 평화에 도달할 수 있다고 한다. 신(들)은 세상을 창조하지도 않았고 변화시킬 수도 없으며 인간사와 무관하다고 한다.

어주기는 해도, 마치 외과술과도 같이, 아픈 기관을 잘라낼 줄밖에 모른다. 그러나 혁명과 질풍노도의 시대, 모든 믿음이 박살 난 시대에 태어난, 그리고 기껏해야 형식적인 예배로 만족하는 막연한 신앙, 어쩌면 불신이나 이단보다도 무심히 거기 젖어드는 것이 더 나쁜 신앙 가운데 키워진 우리로서는, 그럴 필요를 느낀다고 해서, 당장에 순진하고 단순한 이들의 심령 속에 고스란히 간직되어 있는 신비한 건축물을 재건하기란 어려운 일이다. "인식의 나무가 생명의 나무는 아닌 것이다!"[4] 그렇다고는 해도 우리는 우리의 정신으로부터, 그토록 여러 세대의 지성인들이 옳든 그르든 간에 거기 쏟아부었던 것을 되물릴 수 있겠는가? 무지는 배워지는 것이 아니다.

　나는 신의 선함에 더 나은 희망을 건다. 어쩌면 우리는 학문이 종합과 분석의, 믿음과 부정의 한 바퀴 원을 다 돌아와, 스스로를 정화하고 무질서와 폐허로부터 미래의 경이로운 도시를 솟아나게 할, 예언된 시대에 가까이 가고 있는지

---

3　네르발이 '종교'와 대비시키는 이 '철학'은 주로 계몽주의 시대의 철학을 가리킨다.
4　이는 바이런의 시극『만프레드 *Manfred*』서두에 나오는 만프레드의 독백에서 인용한 것이다. "Sorrow is Knowledge: they who know the most / Must mourn the deepest o'er the fatal truth / The Tree of Knowledge is not that of Life"(Act I, Scene 1, 10~12).

도 모른다…… 인간 이성을 경시한 나머지, 이성이 스스로를 완전히 낮추는 데서 무엇인가 얻을 것이 있다고 생각해서는 안 된다. 그것은 인간 이성의 신적인 근원을 고발하는 일이 될 터이니 말이다…… 신은 분명 의도의 순수성을 알아주시리라. 아들이 자기 앞에서 모든 논리와 긍지를 포기하는 것을 보고 좋아할 아버지가 어디 있겠는가! 만져보고 믿기를 원했던 사도가 그 때문에 저주받지는 않았던 것이다![5]

내가 무슨 말을 하는 건가? 그것은 신성모독이다. 그리스도교적 겸손으로는 그렇게 말할 수 없다. 그런 생각들은 결코 영혼을 감동시킬 수 없다. 그것들의 이마에는 사탄의 왕관에서 내뻗치는 오만의 섬광들이 있다…… 신 자신과의 계약이라고?…… 오 학문이여! 오 헛됨이여!

나는 카발라[6]에 관한 책들을 좀 모았었다. 나는 그 연구

5 "열두 제자 중 하나로서 디두모라 불리는 도마는 예수께서 오셨을 때에 함께 있지 아니한지라. 다른 제자들이 그에게 이르되 우리가 주를 보았노라 하니 도마가 이르되 내가 그의 손의 못 자국을 보며 내 손가락을 그 못 자국에 넣으며 내 손을 그 옆구리에 넣어보지 않고는 믿지 아니하겠노라 하니라. 여드레를 지나서 제자들이 다시 집 안에 있을 때에 도마도 함께 있고 문들도 닫혔는데 예수께서 오사 〔……〕 도마에게 이르시되 네 손가락을 이리 내밀어 내 손을 보고 네 손을 내밀어 내 옆구리에 넣어보라. 그리하여 믿음 없는 자가 되지 말고 믿는 자가 돼라"(「요한복음」 20:24~27).
6 히브리어로 카발라Kabbalah는 본래 유대교 내의 비의적 전통을 일컫

에 몰두하여, 인간 정신이 수 세기 동안 그 방면에서 축적해 놓은 것은 모두 진실이라고 생각하기에 이르렀다. 외부 세계[7]의 존재에 대해 내가 이미 갖고 있던 확신은 책에서 읽은 것과 일치했으므로, 이후로 나는 과거의 계시들을 결코 의심할 수 없었다. 다양한 종교의 교리며 예식도 모두 그것과 연관이 있으며, 각기 그 확장 및 방어의 수단이 되는 비방의 일정한 몫을 소유하고 있는 듯이 보였다. 이런 힘들은 약화되고 감소되고 사라질 수 있는 것으로, 그렇게 되면 어떤 종족은 다른 종족에게 침범당하게 된다. 어떤 종족도 영에 의하지 않고는 승리하거나 패배할 수 없는 것이다.

'그래도,' 하고 나는 생각했다. '이런 학문들에는 분명 인간적인 오류들이 섞여 있을 것이다. 마술적 문자, 신비한 상형문자는, 시간에 의해서건 우리의 무지를 조장하는 자들에 의해서건, 왜곡되고 불완전하게밖에 전해오지 않는다. 잃어버린 문자를 혹은 지워진 기호를 되찾고, 불협화음을 재편성하자.[8] 그러면 우리는 영들의 세계에서 힘을 되찾게

는 말인데, 비학秘學 일반을 가리키는 말로 쓰이기도 한다.

7 제1부 3장 주1 참조.

8 앞에서 지적했던 대로(제1부 8장 주1 참조) 음악은 우주적 조화의 원리이며, 따라서 "불협화음을 재편성"하자는 것은 물론 그런 조화를 되찾자는 의미지만, 나아가 "인간적인 오류들"이 섞인 학문을 통해 "불완전하게 전해오는" 비밀을 되찾음으로써 그렇게 하자는 것은 불완전하나마 그런

되리라.'

그리하여 나는 현실 세계와 영들의 세계 사이의 관계를 이해하게 되었다고 믿었다. 지구와 그 주민들 및 그들의 역사는, 그 운명과 결부된 불멸의 존재들의 삶과 상황을 예비하는 물리적 행동들이 이루어지는 무대인 것이었다. 세계들의 영원성이라는 불가해한 신비에는 괘념치 않고, 내 생각은 태양이, 그것을 우러르며 그 천상의 운행을 따라 고개 돌리는 식물을 위시하여, 지상에 동식물의 풍요한 씨앗을 뿌리던 시대로 거슬러 갔다. 그것은 불 그 자체였고, 무수한 영혼들로 이루어져 있어, 본능적으로 공동의 거주지가 되고 있었다. 신이라는 존재의 영靈은 지상에 재현되고 반영되어 인간 영혼들의 공통된 유형이 되었으며, 그들 각자는 이후로, 동시에 인간이며 신이 되었다.[9] 그들이 바로 엘로임이다.

사람은 불행할 때면, 다른 사람의 불행을 생각하게 된다. 나는 가장 소중한 친구 중 한 사람이 아프다는 말을 들

비의적 학문들이 진리에 이르는 길이 될 수 있으며, 따라서 구체적으로는 여러 비학들 간의 "불협화음을 재편성"하자는 제교혼효주의적 신념의 표명이라고 볼 수도 있다. 이런 신념은 『오렐리아』 제2부의 여러 곳에서 재표명된다.

9 이 대목 역시 앞서 인용했던 레티프의 사상과 유사하다(제1부 4장 주4 참조).

었으나, 찾아가는 것을 소홀히 하고 있었다. 그가 치료받고 있는 집으로 가면서, 나는 그 잘못을 몹시 뉘우쳤다. 간밤에 가장 고통스러웠노라는 친구의 말을 듣고는 한층 더 안쓰러웠다. 나는 석회로 하얗게 칠한 구제원救濟院의 한 방에 들어섰다. 햇빛은 벽 위에 선명한 그림자를 드리웠고, 환자의 탁자에 한 수녀가 방금 갖다 놓은 꽃병을 명랑하게 비추고 있었다. 그것은 마치 이탈리아 은둔 수사의 방과도 같았다. 여윈 얼굴, 노랗게 바랜 상아 같은 안색과 그것을 더욱 두드러지게 하는 검은 수염과 머리칼, 열이 남아 번쩍이는 눈, 그리고 아마도 어깨에 걸친 두건 달린 외투의 차림새로 인해, 그는 내가 알던 사람과는 퍽 다르게 보였다. 그는 더 이상 함께 일하고 놀던 유쾌한 동무가 아니었으며, 그 안에는 한 사도가 있었다. 그는 병의 고통이 극에 달했을 때 마지막 착란에 사로잡혔으며, 자신은 그것이 임종의 순간인 줄로만 알았다는 이야기를 해주었다. 그러더니 기적처럼 고통이 멎더라는 것이었다. 이어 그가 내게 들려준 것을 그대로 옮기기란 불가능하다. 더없이 막막한 무한 공간 속에 펼쳐진 숭고한 꿈, 자신과 다르면서도 그 자신에게 속하는 어떤 존재[10]와의 대화에 관한 이야기였다. 그는 자신이 죽은 줄로만 알

---

10 이는 제1부에서 여러 차례 등장했던 '분신'이거니와, 그것은 이제 신적인 동반자의 성격을 띠게 된다.

고 그 존재에게 신이 어디 있는가,라고 물었다는 것이었다.
"하지만 신은 어디에나 있다." 그의 영은 그에게 대답했다.
"그는 네 안에 그리고 만인 안에 있다. 그는 너를 판단하고,
네가 하는 말을 듣고, 네게 충고를 한다. 너와 **나**, 우리는 함
께 생각하고 꿈꾼다. 우리는 결코 헤어진 적이 없으며, 우리
는 영원하다!"

　　나는 어쩌면 내가 잘못 들었거나 잘못 이해했을지도 모
르는 이 대화에서 다른 말은 옮길 수 없다. 내가 아는 것은
그것이 남긴 인상이 아주 생생했다는 사실뿐이다. 내가 그
의 말에서 잘못 끌어냈는지도 모르는 결론들을 감히 친구의
탓으로 돌릴 생각은 없다. 나는 거기에서 비롯되는 감정이
그리스도교적 사고에 부합되는지 어떤지도 알지 못한다.

　　"신은 그와 함께 계시다!" 나는 외쳤다⋯⋯ "하지만 나
와는 더 이상 함께 계시지 않다! 오 불행하게도! 내가 그를
내게서 쫓아버렸고, 위협했고, 저주했다! 그것은 분명 그, 내
영혼으로부터 점점 더 멀어져가던 그리고 헛되이 내게 경고
하던 저 신비한 형제이다! 저 선택된 신랑, 저 영광의 왕, 그
것은 나를 심판하고 저주하는, 그리고 그가 내게 주었을, 그
러나 내가 이제 그럴 자격이 없어진 여인을 영영 자신의 하
늘로 데려가버린 그이다!"

# 2

이런 생각들은 나를 이루 말할 수 없는 낙심에 빠뜨렸다. '이제야 알겠다' 하고 나는 생각했다. '나는 창조주보다 피조물을 더 사랑했다. 나는 내 사랑의 대상을 신격화했고, 그리스도의 품 안에서 숨을 거둔 여인을 이교도들의 예식에 따라 숭배했던 것이다. 그러나 만일 이 종교가 말하는 것이 진실이라면, 신은 아직도 나를 용서할 수 있으리라. 만일 내가 그 앞에 자신을 낮춘다면, 그는 내게 그녀를 돌려줄 수도 있으리라. 어쩌면 그녀의 영이 내 안에 돌아오리라!' 나는 그런 생각에 잠겨 정처 없이 길거리를 걷고 있었는데, 한 장례 행렬이 걸음을 막았다. 그것은 그녀가 묻힌 묘지 쪽을 향하고 있었으며, 나는 문득 행렬을 따라 거기 가보자는 생각이 들었다. '구덩이로 실려 가는 저 망자가 누군지는 모르지만, 망자들이 우리를 보며 우리가 하는 말을 듣는다는 것은 이제 안다. 어쩌면 그는 자신과 함께 가는 어느 누구보다도 더 슬픈, 고통의 형제가 자신을 따라오는 것을 보고 흐뭇해하리라.' 그런 생각을 하자 눈물이 쏟아졌고, 분명 사람들은 내가 고인의 절친한 친구인 줄로만 알았을 것이다. 오 축복받은 눈물이여!…… 네 감미로움을 빼앗긴 지 얼마나 오래되었던가!…… 내 머릿속은 구름이 걷힌 듯 환해졌고, 한 줄기 희망이 아직 나를 인도하고 있었다. 나는 기도할 힘이 생긴 듯이 느껴졌고, 뜨거운 마음으로 기도했다.

나는 내가 따라갔던 관(棺)의 임자가 누구인지 이름도 물어보지 않았다. 내가 들어갔던 묘지는 나에게 여러 가지 이유로 신성한 것이었다. 외가 쪽 친척 세 명이 거기 묻혔었지만 그들의 무덤에는 참배하러 가지 않았으니, 그 무덤들은 여러 해 전에 그들의 고향인 먼 고장으로 옮겨졌기 때문이다. 나는 한참이나 오렐리아의 무덤을 찾아다녔으나, 찾지 못했다. 묘지의 배치가 달라져 있었던 것이다. 혹은 내 기억이 잘못된 것인지도 몰랐다…… 내게는 이런 우연, 이런 망각 또한 내 벌을 가중시키는 듯이 여겨졌다. 나는 내가 종교적으로 아무 권리도 갖고 있지 않은 죽은 여인의 이름을 관리인들에게 말할 수도 없었다…… 그러나 묘지의 정확한 위치를 적어둔 것이 집에 있었고, 그래서 나는 가슴을 두근거리며 정신없이 집으로 달려갔다. 이미 말했듯이, 나는 내 사랑을 이상한 미신들로 감싸놓고 있었던 것이다. **그녀의** 것이었던 작은 함에, 나는 그녀의 마지막 편지를 넣어두었었다. 그리고 감히 고백하거니와, 나는 이 함을 한시도 그녀를 잊을 수 없었던 기나긴 여행[1]을 상기시켜주는 일종의 성물함聖物函으로 만들었으니, 슈브라[2]의 정원에서 꺾은 장미, 이집트에서 가져온 염포殮布 조각, 베이루트의 강에서 꺾은 월계수 잎들, 금빛 나는 작은 수정 두 개, 성 소피아[3]의 모자이크들, 묵주 한 알, 또 무엇이 있었던가?…… 그리고 무덤을 파던 날, 다시 찾을 수 있게끔 내게 건네졌던 서류…… 이 미친 수집품들을 헤집으면서 나는 얼굴이 붉어지고 몸이 떨렸다. 두 장의 종이를 챙겨, 다시금 묘지로 가려던 순간, 나는 결심을 바꾸었다. "아니, 나는 그리스도교인의 무덤 앞에 무릎 꿇을 자격이 없다. 더는 신성모독을 저지르지 말자!……" 그러고는 머릿속에 울리는 폭풍을 가라앉히기 위해, 나는 파리에서 몇 마장 떨어진 작은 도시[4]로 갔다. 그곳의 나이 든 친척들, 이제는 고인이 된 그들의 집에서 나는

1 네르발은 1842년 6월 제니 콜롱이 죽은 뒤, 그해 12월부터 이듬해 12월까지 동방을 여행했다.
2 카이로 근교의 도시로 파샤의 궁이 있으며, 『동방 기행』에 따르면 그 정원의 장미는 이집트에서 가장 아름답다고 한다.
3 콘스탄티노플에 있는 성당. 비잔틴 양식의 모자이크로 유명하다.
4 「실비」를 연상케 하는 대목인데, 네르발이 어린 시절을 보낸 곳으로는 외가 쪽 종조부가 살던 모르트퐁텐 외에, 친가 쪽 종조부 제라르 뒤블랑이 살던 생제르맹앙레Saint-Germain-en-Laye도 있다. 이어지는 내용은 후자를 배경으로 한다.

젊은 시절 잠시나마 행복한 나날을 보냈던 것이다. 거기에는 소녀들과 친척 여인들의 추억을 떠올리게 하는 보리수 그늘진 테라스가 있었다. 나는 그녀들 사이에서 자랐으니, 그녀들 중 한 명은……

그러나 저 어린 날의 아련한 사랑과 내 젊은 날을 소진케 한 사랑을 비교한다는 것을, 내 감히 생각이나 해보았던가? 나는 안개와 그늘로 가득한 골짜기 위로 해가 저무는 것을 보았다. 산등성이의 숲 위쪽을 불그레한 빛으로 물들이면서, 해는 넘어갔다. 내 마음속에는 더없이 침울한 비애가 스며들었다. 나는 잘 아는 여인숙으로 자러 갔다. 여관 주인은 그 도시에 살던, 내 옛 친구 중 한 사람의 소식을 들려주었는데, 그는 장사가 잘 안 되어 결국 권총으로 자살했다고 했다…… 잠은 내게 끔찍한 꿈들을 가져다주었다. 나는 그에 대해 혼란스러운 기억밖에 없다. 나는 어느 낯선 방에 있었고 외부 세계의 누군가와, 아마도 방금 말했던 친구와 이야기하고 있었다. 아주 높직한 거울이 우리 뒤편에 있었다. 시선이 거울을 스쳤을 때, 나는 언뜻 A***[5]의 모습을 본 듯했다. 그녀는 슬프고 생각에 잠긴 모습이었는데, 거울에서 나온 것인지 아니면 조금 전 방을 지나다 거울에 모습이 비쳤던 것인지, 그 다정하고 사랑스러운 모습이 문득 내 앞

---

5 물론 오렐리아를 가리키는데, 여기서만 이렇게 이니셜을 쓰고 있다.

에 와 있었다. 그녀는 내게 손을 내밀었고, 고뇌에 찬 시선으로 나를 바라보며 말했다. "우리는 나중에 다시 만날 거예요…… 당신 친구의 집에서요."

순간, 나는 그녀의 결혼을, 우리를 갈라놓고 있던 불행을 상기했고…… 그래서 '가능한 일일까? 그녀가 내게 돌아온다는 것이?' 하고 생각했다. "당신은 나를 용서한 겁니까?" 나는 눈물을 흘리며 물었다. 그러나 모든 것이 사라져버렸다. 나는 황량한 곳에, 숲 한복판에 있는 바위투성이의 가파른 비탈 위에 있었다. 아는 집인 듯한 집 한 채가 그 황량한 고장을 내려다보고 있었다. 나는 착잡하게 얽힌 에움길을 이리저리 헤맸다. 돌짝밭과 가시덤불을 헤쳐 나가느라 지쳤으나, 이따금 숲의 오솔길을 지나는 좀더 편한 길이 나오기도 했다. '저기서 나를 기다리고 있다!' 하고 나는 생각하고 있었다. 몇 시인지 종 치는 소리가 들렸다…… 나는 탄식했다. **너무 늦었구나!** 음성들이 내게 대답했다. **그녀를 잃고 말았다!**

깊은 밤이 나를 둘러쌌으며, 멀리 보이는 집은 마치 잔칫집처럼 불을 밝히고 제시간에 도착한 손님들로 가득 차서 환히 빛나고 있었다. '그녀를 잃고 말았다!' 나는 부르짖었다. '대체 무엇 때문에?…… 알겠다, 그녀는 나를 구하려고 마지막 노력을 했는데, 나는 용서가 가능한 마지막 순간마저 놓쳐버린 것이다. 하늘 위에서, 그녀는 나를 위해 신적인 신랑에게 기도할 수 있었다…… 그런데 내 구원이 다 뭐란 말인가? 심연은 그의 희생물을 이미 받아들였다![6] 그녀는 나를 위해, 그리고 만인을 위해 파멸한 것이다!……' 나는 마치 섬광에 비친 듯 그녀가 창백하게 죽어가는 모습으로 시커먼 기사들에게 끌려가는 것이 보이는 듯했다…… 내가 지른 고통과 분노의 비명이 그 순간 나를 헐떡이며 깨어나게 했다.

"오 신이여! 오 신이여! 그녀를, 오직 그녀를 위해! 오 신이여, 용서하소서!" 나는 벌떡 일어나 무릎을 꿇으며 외쳤다.

날이 새고 있었다. 이제 와서 생각하면 잘 이해할 수 없는 일이지만, 나는 전날 함에서 꺼냈던 두 장의 종이를, 눈물로 적시며 거듭 읽던 편지와 묘지의 봉인이 찍힌 장례 서류를 없애버리기로 했다. '이제 그녀의 무덤을 찾아간다고?' 나는 생각했다. '가려면 어제 갔어야 했다. 내 치명적인 꿈은 치명적인 낮 시간의 반영에 불과한 것이다!'

---

6 그러니까 오렐리아가 그리스도를 대신하여 대속代贖을 위한 희생 제물이 되는 것이다. 이런 발상은 다분히 이단적이지만, 네르발은 이어 「추상기」에서도 그리스도의 보혈 대신 발키리들의 피를 운위하는 등, 여성 대속자의 관념을 견지하고 있다.

# 3

내 마음의 가장 고통스러운 가닥들에 연결되어 있던, 저 사랑과 죽음의 유물들은 불길에 삼켜졌다. 나는 때늦은 회한과 비통함을 지닌 채 들판을 거닐면서, 걷다 지친 나머지 생각이 마비되기를, 그래서 다가오는 밤에는 덜 불길한 잠을 잘 수 있으리라는 확신이 들기를 바랐다. 꿈은 인간에게 영의 세계와의 교통을 열어주는 것이라는 생각에서, 나는 희망을…… 아직도 희망을 가지고 있었다! 어쩌면 신은 그 희생[1]으로 만족했는지도 몰랐다. 여기서, 나는 쓰기를 멈춘다. 내가 처해 있던 정신 상태가 그저 사랑의 추억 때문이라고 주장하는 것은 지나친 교만이다. 무심결에나마, 나는 어리석게 탕진해버린 삶에 대한 보다 중대한 회한을 사랑의 추억으로 치장하고 있었다는 편이 옳을 터이니, 내 지나간 삶

---

1 소중히 여기던 편지와 서류를 태워버린 일을 말한다.

에서는 자주 악이 승리했고, 나는 불행의 타격들을 느끼고 서야 비로소 과오들을 인정했던 것이다. 생전에 그녀를 그토록 상심케 하고 죽어서까지 괴롭히면서, 마지막 용서의 일별조차 그녀의 다정하고 고결한 동정심에 의존하면서, 나는 감히 그녀를 생각할 자격조차 없었다.

그날 밤, 나는 아주 잠깐씩밖에 잘 수 없었다. 어린 시절 나를 보살펴주던 한 여인이 꿈속에 나타나, 옛날에 내가 저지른 중대한 잘못을 꾸짖었다. 그녀는, 누구인지 알아볼 수는 있었으나, 내가 마지막 보았을 때보다 훨씬 더 늙어 있었다. 그래서 나는 그녀의 말년에 찾아가 보기를 게을리 했던 것을 씁쓸히 상기했다. 그녀는 내게 이렇게 말하는 듯싶었다. "너는 그 여자를 애도하는 만큼 네 늙은 친척들을 애도하지 않았었다. 그런데 어떻게 용서를 바랄 수 있겠느냐?" 꿈은 혼란스러워졌다. 여러 시기에 걸쳐 알게 되었던 사람들의 얼굴이 내 눈앞을 빠르게 스쳐 지나갔다. 그것들은 줄지어 차례로 밝아졌다가 희미해지면서, 마치 줄이 끊어진 묵주의 구슬들처럼 어둠 속으로 떨어지는 것이었다. 그러고는 고대의 조형적 영상들이 희미하게 나타나더니, 차츰 윤곽이 확실해지면서 의미를 잘 알 수 없는 상징들을 나타내는 것이 보였다. 다만, 나는 그것이 이렇게 말하는 것으로 생각되었다. "이 모든 것은 네게 삶의 비밀을 가르치기 위한 것인데, 너는 깨닫지 못했다. 종교와 우화, 성인과 시인은 한결같이 숙명적인 수수께끼를 설명하려 했건만, 너는 잘못 해석했다……[2] 이제, 너무 늦었다!"

나는 공포에 질려 벌떡 일어나며 생각했다. '내 마지막 날이로구나!' 10년의 간격을 두고,[3] 이 이야기의 제1부에서 기술했던 것과 똑같은 생각이 한층 더 확실하고 위협적인 것이 되어 되돌아오고 있었다. 신은 내게 참회할 시간을 주었건만, 나는 조금도 그 혜택을 누리지 못했다. **돌의 회식자**[4]의 방문을 받고서도, 나는 다시금 연회석에 앉은 것이다!

---

2 그러니까 고대 이래의 비의적 전통을 "잘못 해석"한 그에게 잘못이 있는 것이지, 그런 전통 자체가 틀린 것은 아니라는 말이 될 터이다. 네르발은 여전히 거기에 "삶의 비밀"을, "숙명적인 수수께끼"를 푸는 열쇠가 있다고 본다.

3 제1부 9장 주1 참조.

4 전설적인 방탕아 돈 후안(동 쥐앙)의 이야기에 빗댄 비유. 돈 후안이 유혹한 처녀의 아버지인 기사단장을 죽이자, 시신을 매장한 수도원의 수사들은 그를 끌어들여 죽인 뒤, 그가 죽은 기사단장을 모독하러 왔다가 무덤의 석상에게 죽임을 당했다고 공표한다. 이런 전설을 바탕으로 쓰인 몰리에르의 『동 쥐앙 또는 돌의 회식자』에 따르면, 동 쥐앙은 기사단장의 무덤 앞을 지나다가 그를 식사에 초대하는 허세를 부리는데, 그러자 석상이 고개를 끄덕여 답하고는 정말로 식탁 앞에 나타나, 이번에는 동 쥐앙을 초대한다. 동 쥐앙은 배짱 좋게 초대를 받아들이지만, 다시금 악행을 저지르던 중 그를 부르러 온 석상에게 손을 붙잡혀 온몸이 불덩어리가 되면서 심연으로 떨어진다. 그러니까 여기서 10년 전에 있었던 광기의 발작을 "돌의 회식자"의 방문에 빗댄 것은, 그것이 하나의 경고였다는 정도의 의미가 되겠다.

4

이런 환상들과 그것들이 내 고독한 시간 동안 가져온 사색으로부터 비롯된 감정은 하도 슬픈 것이어서, 나는 끝장이 난 듯 느껴졌다. 살아오는 동안 행했던 모든 일들이 극히 비판적인 관점에서 상기되었으며, 그렇듯 내가 몰두해 있던 자기반성 가운데서, 기억은 내게 아주 오래된 일들까지 이상하리만큼 분명하게 보여주었다. 그 무슨 거짓된 수치감 때문인지 고해소를 찾아갈 수도 없었으니, 아마도 가공할 종교의 교리와 의례에 묶이게 되지나 않을까 하는 두려움 때문이었을 터이다. 나는 그 종교의 몇 가지 점에 반대하는 철학적 선입견을 가지고 있었던 것이다. 초년에는 혁명에서 비롯된 관념들에 지나치게 물들어 있었고, 너무 자유주의적인 교육을 받은 데다가, 워낙 떠도는 삶을 살아왔으므로, 나는 여러 가지 점에서 아직 내 이성에 반대되는 멍에를 쉽사리 받아들일 수 없었다. 지난 두 세기 동안의 자유사상에서 얻어진 몇 가지 원칙과 또 다양한 종교에 대한 연구로 인해 그리스도교에서 멀어졌기 망정이지, 내가 대체 어떤 그리스도교도가 되었을까를 생각하면 전율이 인다. 나는 어머니를 모르고 자랐으니, 그녀는 마치 고대 게르만족의 여인들처럼, 군대에까지 내 아버지를 따라갔으며, 신열과 피로가 겹쳐 독일의 한 추운 지방에서 죽었다.[1] 뿐만 아니라 내 아버지도 종교 문제에 있어서는 어린 나를 이끌어주지 못했다.[2] 내가 자란 고장은 기이한 전설과 이상스런 미신으로 가득한 곳이었다.[3] 내 초기 교육에 지대한 영향을 끼친 아저씨 한 분은 심심풀이 삼아 로마와 켈트족의 골동품에 관심을 가지고 있었다. 그는 가끔 자기 밭이나 그 근방에서 신들과 황제들의 조각상을 찾아냈으며, 그의 학자다운

---

1 네르발의 모친은 1808년 네르발을 낳은 뒤, 1809년 군의관이던 남편을 따라 독일에 가서 1810년 25세의 나이로 세상을 떠났다.

2 네르발의 부친은 1814년에 귀국했으나, 네르발과는 근본적으로 성격이 맞지 않았던 것으로 알려져 있다. 아들의 기질이나 재능을 이해하지 못한 채 자신처럼 의사가 되기를 요구했고, 의학 공부를 그만두고 외조부의 유산을 탕진해버린 아들을 못마땅하게 여겼다. 네르발은 생애의 말년까지도 부친에 대한 죄의식으로부터 자유롭지 못했다고 한다.

3 부친이 귀국하기까지 어린 네르발은 모르트퐁텐의 외종조부(네르발이 "아저씨"라고 부르는 인물. 그의 골동품 수집 취미는 이미 「실비」에서도 이야기된 바 있다)에게 맡겨졌고, 부친이 귀국하여 파리에 정착한 뒤로도 방학이면 고향에 가곤 했다.

찬탄은 나로 하여금 그것들을 존경하게 만들었으니, 그의
책들을 통해 나는 그 역사를 배우게 되었다. 금동으로 된 마
르스, 무장을 한 팔라스 아니면 비너스, 마을의 샘터 위쪽에
새겨진 넵투누스와 암피트리테, 그리고 특히 쥐방울과 담쟁
이의 꽃줄 사이로 동굴 입구에서 미소 짓는 목양신 판의 텁
수룩하고 뚱뚱한 마음 좋은 모습은 이 은거지의 수호신이며
가정을 지키는 신들이었다.[4] 고백하거니와 나에게는 교회의
변변찮은 그리스도교 신상들이나 정면 현관의 비바람에 닳
아 형태를 알아볼 수 없는 두 성인 — 어떤 학자들은 그것
들이 골족族의 에수스와 케르눈노스라고 주장했다[5] — 보다
그것들이 훨씬 더 존경심을 불러일으키는 것이었다. 그렇듯
다양한 상징들 가운데서 혼란스러워진 나는 어느 날 아저씨
에게 신이 무엇이냐고 물었다. "신, 그것은 태양이지" 하고
그는 내게 말했다. 그것은 평생 그리스도교도로 살아왔으
나 혁명기를 거친 한 성실한 인간의 내심이었으니, 그의 고
향에는 신에 대해 그런 생각을 하는 사람들이 적지 않았다.
그렇다고 해서 여자들과 아이들이 교회에 가지 않았던 것은

4 마르스, 팔라스, 비너스(베누스), 넵투누스, 암피트리테, 판 등은 모두
그리스·로마 신화의 신들이다. 마르스는 전쟁의 신, 팔라스는 지혜의 여
신인 아테네의 별칭, 비너스(베누스)는 사랑의 여신, 넵투누스는 바다의
신, 암피트리테는 넵투누스의 아내, 판은 목양신牧羊神이다.
5 에수스, 케르눈노스 등은 켈트족의 신들이다.

아니며, 나는 내 아주머니 한 분의 가르침 덕분에 그리스도교의 아름다움과 위대함을 이해하게 되었다. 1815년 이후에 우리 고장에 왔던 한 영국인이 내게 산상수훈을 가르쳐주었고, 신약성서를 한 권 주었다…… 내가 이런 자세한 이야기까지 하는 것은, 내게 있어 극히 뚜렷한 종교적 정신과 자주 얽히곤 했던 모종의 우유부단이 어디서 비롯되었던가를 밝히기 위해서이다.

나는 한 죽은 여인에 대한 각별한 추억이 오랫동안 참된 길[6]로부터 멀어져 있던 나를 어떻게 제 길로 다시 돌아오게 했던가를, 그리고 그녀가 영원히 존재한다고 믿고 싶었던 나머지, 전에는 충분히 확신할 수 없었던 여러 가지 진리에 대해 어떻게 분명한 감정을 갖게 되었던가를 설명하고 싶다. 불멸에 대한, 그 복락과 형벌에 대한 믿음을 가지고 있지 않은 자들에게 있어 어떤 치명적인 상황의 결과는 절망과 자살이거니와, 나는 앞으로의 삶에 닥칠지 모르는 불행에 맞설 새로운 힘과 안식을 되찾게 해주었던 이런 생각들을 곧이곧대로 기술함으로써, 다소라도 선하고 유용한 일

---

6 오렐리아 덕분에 돌아오게 된 '참된 길la vraie route'이란 그녀의 그리스도교 신앙을 가리킨다. 앞서 네르발은 자신이 쌓은 이교적 지식을 잘못 해석했을 뿐 거기에도 일말의 진리가 있었으리라는 태도를 보였지만, "전에는 충분히 확신할 수 없었던 여러 가지 진리에 대해 분명한 감정을 갖게 되었다"라고 고백하며 이제야 '참된 길'을 되찾았음을 시사한다.

을 했다고 믿고 싶다.

내가 자는 동안 이어졌던 환상들은 나를 어찌나 심한 절망에 빠뜨렸던지, 나는 거의 말도 할 수 없었다. 친구들과의 교제도 시들한 기분 전환밖에는 되지 못했고, 온통 그런 환상들에만 골몰해 있던 내 정신은 조금이라도 다른 개념에는 거부감을 느꼈으며, 단 열 줄의 글도 계속해서 읽거나 이해할 수 없었다. 나는 더없이 아름다운 것들에 대해서도, "무슨 상관이람! 나한테는 없는 거나 마찬가지야!" 하고 중얼거리곤 했다. 조르주라는 이름의 한 친구[7]가 나를 그런 의기소침에서 끌어내보려고 했다. 그는 나를 파리 근교의 여러 고장으로 데리고 다녔으며, 내가 대답을 하는 둥 마는 둥 해도, 혼자서 열심히 이야기했다. 표정이 풍부하고 거의 고행자 같은 그의 얼굴로 인해, 어느 날 그가 7월혁명[8]에 뒤이은 몇 년간의 정치적·사회적 회의주의와 침체 상태를 성토하는 열변을 토했을 때는 아주 인상적이었다. 나는 그 시대의 젊은이 중 하나였고, 그래서 그 열기와 환멸을 직접 맛보았던 것이다. 내 마음속에는 동요가 일었고, 나는 그런 교훈들이 신의 섭리 없이 주어질 리 없다고, 그리고 분명 어

---

7 네르발의 만년에 가깝게 지냈던 조르주 벨Georges Bell(1824~1889)을 가리킨다.
8 1830년 샤를 10세의 치세를 종식시키고, 루이 필리프의 부르주아 군주제를 도래케 한 사건.

떤 영靈이 그의 안에서 말하는 것이라고 생각했다······ 어느 날, 우리는 파리 근교의 작은 마을에 있는 포도 시렁 아래서 저녁 식사를 하고 있었다. 한 여인이 우리 식탁 근처에 와서 노래를 불렀는데, 닳기는 했어도 듣기 좋은 그녀의 음성에 는 뭔가 오렐리아의 음성을 생각나게 하는 것이 있었다. 나 는 그녀를 바라보았다. 그녀의 생김새도 내가 사랑했던 여 인의 생김새와 비슷한 점이 없지 않았다. 사람들은 그녀를 쫓아 보냈고, 나는 감히 그녀를 붙들지 못했지만, 이런 생각 이 들었다. '**그녀의** 영이 저 여자 속에 없는지 누가 알겠는 가!' 그래서 나는 그녀에게 적선을 한 것이 기뻤다.

나는 생각했다. '나는 인생을 너무 낭비했다. 하지만 만 일 죽은 자들이 용서해준다면, 그것은 분명 악을 삼가고 이 미 저지른 모든 악을 보상한다는 조건에서일 것이다. 그것 이 가능할까?····· 이제부터는 더 이상 악을 행하지 말고, 우 리가 빚지고 있을지 모르는 모든 것에 대해 상응하는 것을 갚도록 하자.' 나는 최근에 어떤 사람에게 잘못한 일이 있었 는데, 그것은 그저 소홀했던 데 지나지 않았지만, 우선 그에 대해 사과하러 갔다. 그 보상에서 얻은 기쁨은 내게 더없이 유익한 것이었다. 이후로 나는 살아 움직일 동기를 얻게 되 었고, 세상에 대해 다시금 흥미를 갖게 되었다.

어려움이 속출했다. 나로서는 이해할 수 없는 사건들이 마치 내 선한 결심을 방해하기 위해 한꺼번에 생겨나는 것만 같았다. 내 정신이 처해 있던 상황에서는 전에 약속한 일들을 해내기가 불가능했다. 그러나 내가 회복되었다고 생각한 사람들은 전보다 많은 것을 요구했고, 나는 거짓말을 하지 않기로 했으므로, 그 점을 서슴없이 이용하는 사람들에게 약점을 잡히게 되었다. 보상해야 할 일들은 그럴 힘이 없는 내게 무거운 짐이 되었다. 정치적인 사건들[9]도 간접적으로 작용하여 나를 상심케 했을 뿐 아니라, 내게서 일을 수습할 방도를 앗아갔다. 게다가 한 친구의 죽음으로 인해 나는 더 이상 그럴 수 없이 낙심했다. 나는 고통스러운 심정으로 그의 집과 불과 한 달 전에 그가 기뻐하며 보여주던 그림들을 둘러보았고, 못을 박고 있는 관 옆을 지나쳤다. 그는 나와 같은 연배였으므로, 나는 생각했다. '만일 내가 갑자기 이렇게 죽는다면, 어떻게 될까?'

다음 일요일에 나는 침울하고 괴로운 심정으로 일어났다. 아버지[10]를 보러 갔는데, 하녀가 병이 나서, 그는 기분이 언짢아 보였다. 그는 혼자서 다락방으로 장작을 가지러 가겠다고 했고, 나는 그에게 그가 필요로 하는 장작을 건네주는 일밖에 해줄 수가 없었다. 길에서 나는 한 친구를 만났는

9 1851년 12월 루이 나폴레옹의 쿠데타에 이르는 일련의 사건들을 가리킨다.
10 네르발의 부친 에티엔 라브뤼니Etienne Labrunie(1776~1859)는 당시 75세로 마레 지구에 살고 있었다.

데, 그는 나를 좀 즐겁게 해주려고 자기 집에 가서 함께 식
사하자고 했다. 나는 거절했고, 아무것도 먹지 않은 채, 몽
마르트르 쪽으로 갔다. 묘지는 닫혀 있었고, 그것이 내게는
나쁜 전조처럼 보였다. 한 독일 시인[11]이 내게 번역할 원고
를 몇 장 주었었고, 그 일에 대해 선금을 치렀었다. 나는 그
에게 돈을 돌려주려고 그의 집 방향으로 접어들었다.

클리시 문[12]을 지나가다가, 싸움하는 장면을 보게 되었
다. 나는 싸우는 사람들을 갈라놓으려 했으나, 잘되지 않았
다. 그때 키 큰 노동자 한 사람이 왼쪽 어깨 위에 적황색[13]
옷을 입은 한 아이를 태우고서, 싸움이 일어났던 바로 그 장
소를 지나갔다. 나는 그것이 그리스도를 태우고 가는 성 크
리스토프[14]이며, 나는 방금 일어난 장면에서 힘을 쓰지 못했
기 때문에 단죄되었다고 생각했다. 그 순간부터, 나는 절망

---

11 하인리히 하이네Heinrich Heine(1797~1856)를 가리킨다. 그는 1831년
이후 파리에 망명해 있었으며, 네르발은 그의 시를 다수 번역했다. 하이네
는 당시 클리시 문에서 가까운 암스테르담가에 살고 있었다.

12 파리 북서쪽의 성문.

13 히아신스 빛깔. 「실비」 7장 주10 참조.

14 그리스도교의 전설적인 성자. 거인이었던 그는 가장 강한 군주를 섬
기겠다고 결심하여 처음에는 왕을, 그 뒤에는 사탄을 섬기다가, 결국에는
그리스도에게 헌신하여, 순례자들과 여행자들을 어깨에 태워 물을 건네
주는 일을 했다. 어느 날 그는 한 아이를 태웠는데, 갑자기 압도적인 무게
를 느끼고 보니, 그 아이가 바로 그리스도였다고 한다.

에 사로잡혀 성문과 외곽 지역 사이에 있는 빈터를 이리저리 헤매었다. 예정했던 방문을 하기에는 너무 늦어 있었다. 그래서 나는 길을 가로질러 파리 중심가로 돌아왔다. 빅투아르가 부근에서 한 사제를 만났고, 내가 처해 있던 혼란 가운데서 그에게 고해하기를 원했다. 그는 자신이 그 교구 소속이 아니고 단지 누군가의 집에서 열리는 저녁 모임에 참석하러 가는 길이라고 하면서, 다음 날 노트르담에서 자신을 만나고 싶으면, 뒤부아 신부를 찾기만 하면 된다고 말해 주었다.

나는 낙심하여 울면서 노트르담 드 로레트[15]로 갔고, 거기서 성모의 제단 아래 몸을 던지고는 내 과오들에 대해 용서를 구했다. 내 안에서 무엇인가가 이렇게 말했다. "성모는 죽었고 네 기도는 아무 소용이 없다." 나는 성가대석의 맨 뒷줄에 가서 무릎을 꿇었고, 손가락에 끼고 있던 은반지를 뺐다. 그 반지 알에는 **알라! 모하메드! 알리!**라는 세 마디 아랍 말이 새겨져 있었던 것이다. 곧 성가대석에는 여러 개의 촛불이 켜졌고, 전례가 시작되었으며, 나는 마음속으로나마 거기 참여하려고 했다. **아베 마리아**에 이르렀을 때, 사제는 갑자기 기도를 멈추고 다시 시작하기를 일곱 차례나

---

15 '노트르담 드 로레트'는 1823~1836년 파리 9구에 지어진 교회다. 위에 나오는 '빅투아르가'에서 가깝다.

했는데, 나는 그다음 말들을 기억할 수가 없다. 그러고는 기도가 끝났고, 사제는 마치 나에게만 해당되는 것 같은 설교를 했다. 모든 불이 꺼지자, 나는 일어나 나와서 샹젤리제를 향해 갔다.

콩코르드 광장에 이르렀을 때, 내가 한 생각은 죽어버리자는 것이었다. 나는 여러 번 센 강 쪽을 향했으나, 무엇인가가 내 계획의 실행을 방해했다. 창공에는 별들이 빛나고 있었다. 그러더니 갑자기, 마치 교회에서 본 촛불들처럼 일제히 꺼진 것만 같았다. 나는 때가 되었으며, 성 요한의 계시록에 예고된 세상의 종말이 닥쳐왔다고 생각했다. 황막한 하늘에 검은 태양[16]이 보이는 성싶었고, 튈르리 위쪽에는 핏빛으로 붉게 물든 구球가 떠 있었다. 나는 이렇게 생각했다. '영원한 밤이 시작되고 있다. 그 밤은 끔찍할 것이다. 태양이 없어졌다는 것이 사람들에게 알려지면 무슨 일이 일어날까?' 나는 생토노레가街로 해서 돌아왔고, 길에서 마주

---

16 「요한계시록」에는 이런 구절이 있다. "내가 보니 [어린 양이] 여섯째 인을 떼실 때에 큰 지진이 나며 해가 검은 털로 짠 상복같이 검어지고 온 달이 피같이 되며⋯⋯"(「요한계시록」 6:12) "검은 태양" 역시 네르발에게 반복적으로 나타나는 이미지로, 1831년의 「검은 점Le Point noir」에서부터 1853년의 「폐적자廢適者, El Desdichado」에 이르기까지, 다양한 의미로 변용되는 것을 볼 수 있다. 불이나 태양을 생명의 근원으로 간주하는 네르발에게 검은 태양, 불 꺼진 태양이란 곧 우주 종말의 이미지다.

친, 밤늦게 다니는 농부들이 측은하게 여겨졌다. 루브르 근처에 이르러 나는 광장까지 걸어갔고, 그곳에서는 기이한 광경이 나를 기다리고 있었다. 바람에 급히 밀려가는 구름들 사이로, 나는 여러 개의 달이 아주 빠른 속도로 지나가는 것을 보았다. 나는 지구가 궤도에서 벗어나 마치 돛대 잃은 배처럼 창공을 헤매고 있어서, 별들에 가까이 갔다 멀어졌다 하고 있으며, 그에 따라 별들은 커졌다 작아졌다 하는 것이라고 생각했다. 두세 시간 동안, 나는 그 혼란을 지켜보았고, 마침내 레알〔중앙 시장〕쪽으로 갔다. 농부들은 시장에 낼 산물들을 가져오고 있었고, 나는 생각했다. '밤이 언제까지나 계속된다는 것을 알게 되면, 저들은 얼마나 놀랄 것인가……' 하지만 개들이 여기저기서 짖기 시작했고, 닭이 울었다.

녹초가 된 나는 집으로 돌아가 침대에 몸을 던졌다. 잠이 깨었을 때, 나는 빛을 다시 보게 되어 놀랐다. 일종의 신비한 합창이 내 귓전에 들려왔으니, 어린 음성들이 **크리스테! 크리스테! 크리스테!**[17]를 소리 모아 반복하고 있었다…… 이웃 교회(노트르담 데 빅투아르)에서 아이들을 많이 모아놓고 그리스도를 부르는 모양이었다. '그러나 그리스도는 이제 없다!' 하고 나는 생각했다. '그들은 아직 모르는 것

17 그리스도여!

이다!' 기원祈願은 한 시간 가까이 계속되었다. 나는 마침내 일어나 팔레 루아얄의 상점가로 갔다. 나는 태양이 아마 사흘은 더 지구를 비출 만한 빛을 간직하고 있지만 그 본체는 이미 다했다고 생각했고, 실제로 태양은 차고 빛을 잃은 듯이 느껴졌다. 나는 독일 시인의 집까지 갈 힘을 얻기 위해 작은 과자 한 개로 배고픔을 가라앉혔다. 들어서면서, 나는 그에게 모든 것이 끝났으며, 우리는 죽을 준비를 해야 한다고 말했다. 그는 아내를 불렀고, 그녀는 내게 물었다. "무슨 일이세요?" 나는 대답했다. "모르겠습니다, 난 끝장이에요." 그녀는 마차를 부르러 보냈고, 한 소녀가 나를 뒤부아 요양원까지 데려다주었다.[18]

---

[18] 네르발은 1852년 1월 23일부터 2월 15일까지, 그리고 다시 1853년 2월 6일부터 3월 27일까지 뒤부아 시립 요양원에서 입원 생활을 했다.

# 5

거기서 내 병은 다시 여러 차례의 부침을 겪었다. 한 달 뒤에 나는 회복되었다. 이후 두 달 동안, 나는 다시금 파리 근교를 순례했다. 가장 긴 여행은 랭스 대성당[1]에 간 것이었다. 조금씩 나는 다시 글을 쓰기 시작했고 내 가장 잘된 작품 중 하나[2]를 썼다. 그렇지만 그것을 쓰기는 매우 힘들었고, 거의 언제나 연필로, 낱장 종이에, 길을 걸으며 생각이 떠오르는 대로, 조금씩 겨우겨우 써나갔다. 글을 다듬느라 나는 몹시 애를 태웠다. 작품을 발표하고 나서 처음 며칠 동

1 랭스는 파리에서 동북쪽으로 약 150킬로미터가량 떨어진 도시이며, 12~13세기에 지어진 고딕 성당이 있다.
2 여기서 '작품'으로 번역한 것은 '누벨'인데, 이것은 단편보다는 조금 더 긴 허구 작품으로, 우리 식의 분류를 굳이 적용하자면 '중편소설' 정도에 해당한다. 네르발 자신이 가장 잘된 것으로 평가했던 이 '누벨'이란 바로 「실비」이다. 이 작품은 1853년 봄에 쓰여 여름에 발표되었다.

안은 지속적인 불면증에 시달렸다. 나는 밤새도록 몽마르트르 언덕 위를 거닐었고, 거기서 해 뜨는 것을 보곤 했다. 나는 농부들이나 노동자들과 오래 이야기했다. 어떤 때는 레알 쪽으로 가기도 했다. 어느 날 밤, 나는 길가에 있는 카페에 식사를 하러 들어가서는 장난삼아 금화며 은화를 공중에 던졌다. 그러고는 시장 쪽으로 가다가 모르는 사람과 말다툼을 벌였고, 나는 거칠게 그의 따귀를 갈겼는데, 그 일이 어떻게 거기서 흐지부지되었는지는 알 수가 없다. 몇 시였는지, 생 퇴스타슈 시계탑의 종이 울리는 소리가 들려오자, 나는 부르고뉴파와 아르마냐크파의 다툼[3]을 생각했고, 내 주위로 그 시대 전사들의 유령이 솟아나는 것이 보이는 듯했다. 나는 가슴에 은으로 된 표찰을 달고 가는 우편배달부 한 사람과 말다툼을 벌였고, 내가 장 드 부르고뉴 공작이라고 말했다. 나는 그가 어느 선술집에 들어가는 것을 막으려 했다. 잘 설명할 수 없는 이상한 일이지만, 내가 그를 죽이겠다고 위협하자, 그의 얼굴은 눈물에 젖었다. 나는 측은한

3  백년전쟁(1337~1453) 동안, 샤를 6세(1368~1422)의 미성년기에 그의 두 숙부인 부르고뉴 공작과 오를레앙 공작 사이에 일어난 경쟁 관계는, 성년에 달한 샤를 6세가 광기를 일으킨 것을 기화로 하여, 오를레앙 공작 루이와 부르고뉴 공작 장 사이의 다툼으로 발전했다. 이후 루이가 장의 부하에게 살해되면서부터, 오를레앙가를 지지하는 아르마냐크파와 부르고뉴가를 지지하는 부르고뉴파 사이에 내란이 일어났다.

생각이 들어 그를 보내주었다.

틸르리로 가보았지만 닫혀 있었으므로, 강변을 따라가
다가 뢰상부르로 올라갔고, 한 친구와 점심을 먹으러 돌아
왔다. 그러고는 생 퇴스타슈 쪽으로 가서, 거기서 성모 제단
앞에 무릎을 꿇고 어머니를 생각했다. 쏟아낸 눈물이 내 영
혼을 진정시켜주었고, 교회에서 나오다가 나는 은반지를 하
나 샀다. 그 길로 아버지를 만나러 갔는데, 그는 부재중이었
으므로, 데이지 꽃다발 하나를 두고 왔다. 그러고는 식물원
으로 갔다. 그곳에는 사람이 많았고, 나는 잠시 수조 안에
서 멱 감는 하마를 바라보았다. 그러고는 동물 해골 전시장
에 갔다. 거기 보관되어 있는 괴물들을 보자 홍수가 생각났
고,[4] 그곳을 나설 때는 굉장한 소나기가 내렸다. 나는 생각
했다. '무슨 불행한 일인가! 이 모든 여자들이, 아이들이, 젖
겠구나!……' 그러고는 생각했다. '하지만 그뿐이 아니다! 진
짜 홍수가 시작되는 것이다.' 인근의 길거리에도 물이 넘쳐
나고 있었고, 생 빅토르가를 달려 내려가, 내게는 온 세계의
침수라고 여겨졌던 것을 막기 위해, 생 퇴스타슈에서 샀던
반지를 가장 깊은 물속에 던졌다. 거의 동시에 소나기는 가
라앉았고, 햇살이 다시 빛나기 시작했다.

---

**4** 아마도 "괴물들"의 뼈를 보고 제1부 7~8장에서 묘사되었던 바와 같
은 태초의 괴물들을 상기한 나머지, 대홍수에 생각이 미쳤던 듯하다.

내 마음에는 희망이 돌아왔다. 나는 4시까지 친구 조르주의 집에 가기로 했으므로, 그의 집 쪽을 향해 갔다. 한 골동품상 앞을 지나치다가, 나는 상형문자들로 뒤덮여 있는 비로드 차양막을 두 장 샀다. 내게는 마치 그것이 하늘의 용서를 축성하는 것처럼 보였다. 나는 정한 시각에 조르주의 집에 도착했으며, 그에게 내 희망을 이야기했다. 나는 비에 젖었고 피곤해서 옷을 갈아입고 그의 침대에 누웠다. 자는 동안, 나는 경이로운 환상을 보았다. 내게는 여신이 나타나 이렇게 말하는 듯했다. "나는 성모 마리아와 동일하며, 네 어머니와 동일하며, 네가 이런저런 모습으로 항상 사랑해왔던 그녀와도 동일하다. 네가 시험을 한 단계씩 거칠 때마다, 나는 내 얼굴을 가리고 있던 가면을 하나씩 벗어버렸으니, 너는 곧 있는 그대로의 내 모습을 보게 될 것이다……"[5] 그

---

5 이런 계시는, 아풀레이우스의 『황금 당나귀』 끝부분에서 루키우스에게 이시스 여신이 나타나는 대목을 상기시킨다. 거기서는 "네 기도가 나를 감동시켰으니, 나는 자연의 어머니요, 원소들의 주관자요, 세월의 원초적 근원이요, 가장 위대한 신성이요, 망혼들의 여왕이다. 내 안에는 신들과 여신들이 들어 있으며, 온 우주가 수많은 형태로 숭배해온 것은 유일하고 전능한 신인 나이다. 그러므로 프리기아에서는 나를 키벨레라 하며, 아테네에서는 미네르바라 하고, 키프로스에서는 파포스의 베누스, 크레타에서는 디아나 딕티나, 시칠리아에서는 스틱스의 프로세르피나, 엘레우시스에서는 고대의 케레스, 또 다른 곳에서는 유노, 벨로나, 헤카테, 네메시스라 부르거니와, 다른 모든 민족보다 학문이 앞선 이집트인들은 이시스

녀 뒤편의 구름 속에서 아름다운 과수원이 나타났고, 부드
러우면서도 깊이 스며드는 빛이 그 낙원을 비추었다. 그러
는 동안 내게는 그녀의 음성밖에는 들리지 않았으나, 나는
매혹적인 취기 속에 빠져 있는 느낌이었다. 나는 잠시 후에
깨어났고 조르주에게 말했다. "나가세." 퐁 데 자르를 건너
는 동안, 나는 그에게 영혼의 윤회에 대해 설명했고, 이렇게
말했다. "오늘 저녁, 내 안에는 나폴레옹의 영혼이 들어 있
어서, 그것이 내게 이런저런 위대한 일들을 고취하고 명령
하는 것 같네." 코크가에서 나는 모자를 하나 샀고, 조르주
가 내가 계산대 위에 던진 금화의 거스름돈을 받는 동안 계
속 걸어가 팔레 루아얄의 상점가에 이르렀다.

　거기서는 모든 사람이 나를 바라보는 듯했다. 한 가지
끈덕진 생각이 내 뇌리에 깃들어 있었으니, 그것은 이제 죽
은 사람들이라고는 없다는 것이었다. 나는 푸아 상가를 돌
아다니며 '잘못을 저질렀다'라고 되뇌었지만, 나폴레옹의 기
억인 것만 같은 내 기억을 아무리 뒤져보아도 어떤 잘못인
지 알 수 없었다…… '이 근처에 내가 외상을 진 것이 있나
보다!' 나는 이런 생각을 하며 푸아 카페로 들어갔고, 단골

여신이라는 내 진짜 이름으로 내게 경배하는 것이다"(네르발의 「이시스」
에서 재인용).

손님들 중에서 『데바*Débats*』지의 베르탱 영감[6]을 본 것도 같았다. 그러고는 공원을 가로질러 어린 소녀들의 원무를 다소 흥미롭게 지켜보았다. 거기서 나는 상점가를 나와 생토노레가를 향해 갔다. 여송연을 사러 한 가게에 들어갔다 나오니, 군중이 하도 밀집해 있어서 나는 질식할 뻔했다. 내 친구 세 명이 나를 호위하고 끌어내어 한 카페로 데리고 들어갔고, 그중 한 명은 삯마차를 부르러 갔다. 그리하여 나는 자선병원으로 가게 되었다.[7]

밤사이에 착란은 심해졌고, 아침이 되어 내가 묶여 있는 것을 알았을 때는 한층 더했다. 나는 간신히 구속복을 벗어버렸고, 아침결에는 이 방 저 방을 돌아다녔다. 나는 신과 같아져 병을 고치는 능력을 지니고 있다는 생각에서 몇몇 환자들에게 안수하기도 했고, 내게 있다고 생각되는 힘을 보여주기 위해 성모상에 다가가 조화로 된 화관을 떼어내 갖기도 했다. 나는 성큼성큼 걸으며, 과학만으로 병을 고칠 수 있다고 믿는 사람들의 무지에 대해 열변을 토하고 있었다. 그러다 탁자 위에서 에테르[8]가 든 병을 보고는, 한 모

6 당시 영향력 있던 잡지 『주르날 데 데바*Journal des Débats*』지를 창간한 루이–프랑수아 베르탱Louis-François Bertin(1766~1841)을 가리킨다.
7 1853년 8월 15일 『르뷔 데 되 몽드*Revue des Deux Mondes*』에 「실비」가 발표된 지 열흘 만인 25일 저녁의 이 발작으로 자선병원(l'hôpital de la Charité)에 입원, 이틀 후에 파시 소재 블랑슈 요양원으로 옮겨졌다.

금에 삼켜버렸다. 마치 천사와도 같은 모습을 한 인턴이 나를 저지하려 했으나, 격앙된 힘이 나를 지탱해주었고, 나는 그를 넘어뜨려버리려다 그만두고는, 그가 내 사명을 이해하지 못하고 있다고 말했다. 그때 의사들이 왔고, 나는 의술의 무용함에 대한 장광설을 계속했다. 그러고는 신발도 신지 않은 채, 계단을 내려갔다. 화단 앞에 이르자, 나는 거기 들어가 잔디 위를 거닐며 꽃을 꺾었다.

한 친구가 나를 데리러 왔다. 그래서 나는 화단에서 나왔고, 그와 이야기하는 사이에 사람들은 내 어깨에 구속복을 덮어씌워 나를 삯마차에 태웠고, 나는 파리 외곽에 있는 요양원[9]으로 옮겨졌다. 정신병자들 사이에 놓이게 되자, 나는 그때까지 내게 일어난 모든 일이 환상이었음을 깨달았다. 그러나 내가 이시스 여신의 것이라고 여기고 있던 약속들만은 내가 겪게 되어 있는 일련의 시험을 통해 실현되는 듯이 보였다. 그래서 나는 그것들을 담담히 받아들였다.

8 마취제로 쓰이는 화학약품도 에테르지만, 고대인들이 상상했던 천공天空의 영기靈氣도 에테르라 한다.

9 네르발은 1853년 8월 27일 파시Passy(1860년에 파리 16구로 편입되었다) 소재 블랑슈 요양원에 입원했다. 1841년 최초 발작 때 입원했던 몽마르트르 소재 블랑슈 요양원은 1846년 파시로 이전했고, 에스프리 블랑슈의 아들인 에밀 블랑슈Antoine Émile Blanche(1820~1893)가 운영하고 있었다(제1부 7장 주2 참조).

내가 지내게 된 방은 호두나무들이 그늘을 드리운 널찍한 산책장에 면해 있었다. 그 한 모퉁이에는 작은 오두막이 있어, 입원 환자 한 명은 온종일 그 주위를 맴돌고 있었다. 다른 사람들은, 나처럼, 길가의 둔덕이나, 비탈진 풀밭으로 둘러싸인 테라스를 돌아다니는 것이 고작이었다. 서쪽에 위치한 담벼락에는 그림들이 그려져 있었는데, 그중 하나는 기하학적으로 그린 두 눈과 입으로 달의 모양을 나타내고 있었으며, 그 얼굴 위에 일종의 가면이 덧칠해져 있었다. 왼쪽 벽에는 일본 우상처럼 생긴 것을 위시하여 갖가지 초상화가 그려져 있었다. 저만치 회벽에는 해골 그림을 파놓았고, 그 맞은편에 있는 두 개의 건축용 석재에는 정원에 드나드는 사람들 중 누군가가 괴인면怪人面들을 제법 잘 조각해놓았다. 두 개의 문이 지하실로 나 있었고, 나는 그것이 피라미드들의 입구에서 보았던 것들과 같은 지하 통로라고 상상했다.

## 6

처음에 나는 그 정원에 모인 사람 모두가 천체에 대한 다소
간의 영향력을 가지고 있으며, 쉬지 않고 똑같은 원을 그리
며 돌고 있는 사람은 그럼으로써 태양의 운행을 통제하고
있는 것이라고 상상했다. 한 노인은, 하루 중 일정한 시간이
되면 사람들 손에 끌려 나타나서는 시계를 보아가며 매듭을
꼬는 것이, 내게는 마치 시간의 운행을 확인하는 책임을 맡
은 사람처럼 보였다. 나 자신은 달의 운행에 대한 영향력을
가진 것으로 여겨졌고, 이 천체에 벼락을 내린 전능자가 그
얼굴에 내가 앞서 보았던 가면의 낙인을 찍어놓은 것이라고
생각했다.

나는 관리인들이나 동료들의 대화에 신비적 의미를 부
여했다. 내게는 그들이 지상의 모든 종족의 대표자들이며,
천체의 운행을 새로이 정립하고 그 체계의 좀더 웅대한 전
개를 도모하는 것이 우리의 임무라고 여겨졌다. 내 생각으

로는, 수의 전체적 조합에 한 가지 오류가 끼어들었으며, 인류의 모든 불행은 거기서 비롯되는 것이었다. 또한 나는 천상의 영들이 인간의 모습을 취하고서, 겉으로는 하찮은 일들에 열중해 있는 것 같지만, 실은 이 총회에 참여하고 있는 것이라고 믿었다. 내 역할은 카발라 비법을 통해 보편적 조화를 다시금 이룩하고, 다양한 종교의 은밀한 힘들을 불러내어 해결책을 찾는 것인 듯했다.

산책장 외에, 우리에게는 수직 창살이 쳐진 유리창들 밖으로 녹음 짙은 지평선이 보이는 널따란 방이 있었다. 그 창문을 통해 바깥 건물들을 바라보노라면, 그 외벽과 창문들이, 아라베스크 무늬로 장식되고 투조透彫와 첨탑들로 뒤덮인 무수한 지붕들처럼 보이곤 했다. 그것들은 내게 보스포루스 해협[1]에 늘어서 있는 황제의 별장들을 연상시켰고, 그런 연상에서 내 생각은 자연히 동방적 관심사들을 향하게 되었다. 2시경에는 목욕을 하게 되었는데, 나는 오딘[2]의 딸

---

1 유럽과 아시아를 갈라놓는, 이스탄불과 위스퀴다르 사이에 있는 해협.
2 스칸디나비아 신화의 주신. 18세기 말~19세기 초의 계몽주의자들은 그리스도교와 고대 철학, 동방의 신비주의를 혼성하는 데 만족하지 않고 스칸디나비아 신화까지 끌어들였으니, 파브르 돌리베Fabre d'Olivet 같은 이는 오딘이 조로아스터의 제자라고 하면서 오르페우스, 모세, 붓다 등과 함께 예언자의 반열에 올려놓았다. 네르발이 오딘을 언급하는 것도 비슷한 정신적 풍토에서이기는 하지만, 여기서 오딘은 그렇게 전체적이고 구

오렐리아 193

들인 발키리들[3]의 시중을 받는다고 믿었으니, 그녀들은 내 육신에서 불순한 것을 조금씩 제거함으로써 나를 불멸에로 들어 올리려는 것이었다.

달빛이 청명한 저녁에는 산책을 했는데, 눈을 들어 나무들을 바라보면 제멋대로 흔들리는 나뭇잎들이 마갑馬甲을 씌운 말을 타고 가는 기사들과 귀부인들처럼 보였다. 그것들이 내게는 선조들의 당당한 모습으로 여겨졌다. 그런 생각은 발전하여, 모든 살아 있는 존재가 세계의 원초적 조화를 재정립하기 위해 광범하게 협동하고 있고, 의사소통은 천체들의 자기磁氣에 의해 이루어지며, 끊이지 않는 사슬이 그런 보편적 의사소통에 기여하는 지성知性들을 지구 주위에 묶어두고 있고, 차츰 자성磁性을 띠고 다가오는 노래와 춤과 시선들은 동일한 열망을 드러내고 있다는 생각들로 이어졌다. 달은 필멸의 육신에서 벗어나 좀더 자유로이 우주

체적인 체계 내에서의 위치와는 무관하게, 제신諸神 위에 군림하는 주신 主神을 가리키는 이름으로 쓰인 듯하며, 이어 발키리들도 그런 신과의 중 재역을 하는 여신들, '무수한 가면과 베일로 얼굴을 가린 동일한 여신의 다중적인 모습'에 해당할 터이다.
3 게르만 신화에서, 영웅들이 죽어서 가게 되는 발할라 궁전의 여주인들. 전쟁 때에는 보이지 않게 싸움터에 나타나며, 오딘의 선택을 받아 발할라 에 가게 될 용사들의 눈에만 보이게 된다. 그 밖에, 신들의 사자 역할도 수 행한다.

의 갱생을 위해 일하는 형제 같은 영혼들의 피난처였다.[4]

내게는 이미, 하루의 시간이 두 시간씩 늘어나 있는 듯
했고, 그래서 요양원의 시계들이 가리키는 시간에 일어나
면 어둠 속을[5] 산보하는 수밖에 없었다. 내 주위의 동료들은
잠들어 있는 듯했고, 마치 타르타로스[6]의 유령들처럼 보였
다. 그러다 나에게 있어 해가 뜨는 시간이 되면, 나는 기도
로써 그 천체를 맞이했고, 비로소 내 실제 삶이 시작되는 것
이었다.

성스러운 입문 과정의 시련들을 겪고 있다는 점을 확신
하게 되면서부터, 내 정신에는 어떤 불굴의 힘이 생겨났다.
나 자신은 신들의 시선 아래 살아가는 영웅이라 여겨졌고,
자연 속의 모든 것이 새로운 양상을 취했으니, 풀과 나무,
짐승들, 극히 하찮은 곤충들로부터도 은밀한 음성이 들려와

---

4 천체 이론에 따르면, 달은 첫번째 정화를 미처 마치기 전에 죽은 영혼
들의 거처이며, 이 영혼들은 거기서부터 천사들에게 이끌려 다른 행성들
로 가서 두번째 정화를 거치게 된다고 한다. 말하자면 달이야말로 일종의
'림보'인 셈인데, 이런 생각은 뒤에서 달을 두고 "내 영혼과 모든 자매혼들
의 피난처"이며 "지상에 다시 태어날 운명을 가진, 탄식하는 그림자들로
붐빈다"(200쪽)라고 하는 대목에서도 엿볼 수 있다.

5 직역하면 '그림자들의 왕국에서dans l'empire des ombres'이다. 서양 고
전고대 문학에서 '그림자들의 왕국'이란 하계를 가리킨다. 뒤이어 "타르타
로스의 유령들"을 연상하게 되는 것도 그래서일 터이다.

6 그리스 신화에서 말하는 하계.

나를 일깨우고 격려했다. 내 동료들의 언어에는 내가 그 의미를 이해하는 신비로운 표현이 들어 있었으며, 형체 없고 생명 없는 사물들까지도 내게는 의미가 있는 것이었다. 조약돌들의 배합, 집의 모퉁이와 갈라진 틈과 출입구의 생김새들, 나뭇잎들의 들쭉날쭉한 모양, 색깔과 냄새와 소리 등으로부터 그때까지 알지 못했던 조화가 뚜렷이 드러나는 것이 보였다. '어떻게 나는 그처럼 오랫동안 자연의 바깥에서, 자연과 동화되지 않고, 살아올 수 있었던 것일까?' 나는 생각했다. '모든 것이 살아 움직이며, 모든 것이 서로 호응한다. 나 자신이나 다른 이들로부터 방출되는 자력선磁力線들은 피조물들의 무한한 사슬을 아무 장애 없이 통과한다. 그것은 세계를 덮고 있는 투명한 그물이며, 그 가느다란 가닥들은 차츰 행성들과 별들로 뻗어 나간다. 지금 이 순간 나는 지상에 얽매여서도 천체들의 합창대와 더불어 이야기하며, 그것들은 내 기쁨과 고통에 동참한다!'

곧 나는 그런 신비까지도 탐지될 수 있다는 생각에 전율했다. '만일 전기가 — 전기란 물체들의 자기인데 — 그것에 법칙을 부과하는 어떤 힘에 종속된다고 한다면, 적대적이고 압제적인 영들이 지성들을 예속시키고 그들의 힘을 나누어 지배적 목적을 위해 사용한다는 것도 두말할 필요 없이 가능할 것이다. 그리하여 고대의 신들은 새로운 신들에 의해 정복되고 예속당한 것이다.' 나는 옛 세계에 관한 내 기억들을 뒤져가며 생각했다. '주술사들은 그런 식으로 모든 민족을 지배했고, 그들의 영원한 홀笏 아래 민족들은 세세손손 포로가 되어왔다. 오 불행하게도! 죽음까지도 그들을 해방할 수 없다! 우리는 이미 우리 선조들 속에서 살았듯이, 우리 자손들 속에서 다시 살 테니 말이다. 우리 원수들의 무자비한 학문은 도처에서 우리를 다시 알아본다. 우리가 태어난 시각과 장소, 최초의 몸짓, 이름, 방, 그리고 우리에게 행해지는 그 모든 축성들, 그 모든 예식들, 그 모든 것이 행복하거나 불길한 배열을 이루며, 미래 전체가 그에 달린 것이다. 그것이 인간의 셈만으로도 이미 끔찍한 것이라면, 세계의 질서를 수립하는 신비로운 공식들과 결부해서는 어떠할는지 생각해보라. 우주에 있는 어떤 것도 무관하거나 무력하지 않다는 말이 옳다. 원자 하나가 모든 것을 와해시키며, 원자 하나가 모든 것을 구할 수도 있는 것이다!'[7]

오 끔찍하게도! 바로 여기에 선악의 영원한 구분이 있다! 내 영혼은 파괴될 수 없는 분자, 약간의 공기에 부풀기는 해도 결국은 자연 속의 제 위치를 되찾아가는 기포인가? 아니면 공허 그 자체, 광막함 속에 사라지는 허무의 영상인가? 또 아니면 그것은 그 모든 변화하는 형태 가운데서 강력한

---

7 21세기를 살고 있는 우리에게는 심상하게 읽히지만, 이 구절이 원자폭탄이 발명되기 100년 전에 쓰였다는 것을 상기할 필요가 있다.

존재들의 복수를 감내할 수밖에 없는, 필멸의 조각인가?' 나는 그렇듯 스스로에게 내 삶에 대한, 심지어 전생前生들에 대한 해명을 요구하기에 이르렀다. 자신이 선하다는 것을 증명하면서, 나는 내가 항상 그랬음에 틀림없다고 입증했다. '만일 내가 악했다고 하더라도, 현재의 내 삶은 그에 대한 충분한 속죄가 되지 않겠는가?' 이런 생각에 안심이 되기는 했으나, 영영 불행한 자들 쪽으로 분류되고 말지도 모른다는 두려움은 가시지 않았다. 나는 차가운 물속에 빠져 있는 느낌이었고, 이마에서는 한층 더 차가운 물이 흘러내리는 듯했다. 나는 영원한 이시스, 성스러운 어머니이자 신부新婦에게로 생각을 옮겨갔고, 내 모든 기도는 그 마법적인 이름 속에 녹아들었다. 나는 그녀 안에서 다시 사는 듯했으며, 그녀는 내게 때로는 고대 비너스의 모습으로, 때로는 그리스도교인들의 성모의 모습으로 나타나곤 했다. 밤이 되면 그 다정한 환영은 한층 더 분명히 되돌아왔지만, 나는 또 생각했다. '정복당하고 압제받는 그녀가, 그녀의 불쌍한 자녀들을 위해 무엇을 할 수 있는가?' 창백하고 찢어진 하현달은 매일 저녁 더 가늘어져 곧 사라지게 될 터였다. 어쩌면 우리는 하늘에서 그것을 다시는 못 보게 될는지도 몰랐다! 그러나 내게는 달이 내 영혼과 모든 자매혼들의 피난처인 듯이 보였고, 언젠가 지상에 다시 태어날 운명을 가진, 탄식하는 그림자들로 붐비는 것으로 보였다……

내 방은 한쪽에는 광인들이, 다른 쪽에는 병원의 고용인들이 사는 복도의 맨 끝에 있다.[8] 특별히 이 방에만 있는 창문은, 낮 동안 산책장으로 쓰이는, 나무들이 심긴 안뜰 쪽으로 나 있다. 내 시선은 무성한 호두나무와 두 그루의 중국뽕나무 위에 즐거이 머물곤 한다. 그 너머에는, 녹색으로 칠한 철망 사이로, 꽤 왕래가 잦은 길거리가 내다보인다. 서쪽으로는 시야가 넓게 트여 있는데, 작은 마을에 녹음으로 뒤덮인 아니면 새장이며 널어놓은 빨래들이 어지럽게 널린 창문들, 그리고 창밖으로 이따금 젊거나 늙은 아낙의 얼굴이나 장밋빛 나는 아이의 얼굴이 나타나는 것이 보인다. 고함치고, 노래하고, 깔깔대며 웃는 그 소리는, 시간과 기분에 따라, 즐겁게도 슬프게도 들린다.

나는 거기에 내 갖가지 재산의 모든 잔해를, 20년 동안 흩어지거나 되팔렸던 가재도구의 무질서한 잔재들을 모아놓았다.[9] 파우스트 박사의 연구실처럼 온갖 잡동사니가 쌓

8 이하 한 문단은 현재 시제로 되어 있고, 아래 문단에서도 간혹 현재 시제가 혼용되고 있어 이 대목이 실제 입원 기간 중에 쓰인 것임을 상기시킨다. 『오렐리아』는 여러 시기에 걸쳐 쓰였다고 알려졌으며, 가장 이른 단편의 집필 연대는 1차 발작 때인 1841~1842년으로까지 거슬러 가지만 대부분은 1853~1854년 블랑슈 박사의 요양원에 머물던 시절에 쓰였다고 한다.

9 1853년 겨울, 그가 입원했던 요양원에서는 그에게 개인 소지품 반입을

이게 되었다. 독수리 머리들로 장식된 고대의 삼각三脚 탁자, 날개 달린 스핑크스가 떠받치고 있는 장식 탁자, 17세기의 서랍장, 18세기의 서가書架, 붉은 양단을 씌운 타원형 닫집이 달린(하지만 이 닫집은 바로 세울 수가 없었다) 역시 같은 시대의 침대, 대부분 못 쓰게 된 세브르산産 도자기며 사기그릇들로 가득한 시골풍의 선반, 콘스탄티노플에서 가져온 수연통水煙筒, 설화석고로 된 커다란 잔, 크리스털 화병, 루브르 근처에 내가 살던 옛집[10]을 허물면서 나온, 이제는 유명해진 친구들이 그린 신화적 그림들로 뒤덮인 판자들, 역사의 뮤즈와 희극의 뮤즈를 그린 프뤼동[11] 취향의 커다란 그림 두 장. 나는 며칠 동안 즐거운 마음으로 그것들을 정리하여, 지붕 아래 비좁은 방 안에 왕궁 같기도 하고 오막살이 같기도 한, 내 떠돌이 생활을 여실히 보여주는 묘한 조화를 만들어냈다. 침대 위쪽에는 내 아라비아 옷들과 솜씨 좋게 짜기운 캐시미어 두 장, 순례자의 호리병, 사냥 망태기 등을

허가했다.

**10** 네르발이 20대 후반에 외조부의 유산을 상속한 후 한동안 화가 및 문인 친구들과 함께 살았던 앵파스 뒤 두아예네Impasse du Doyenné의 집을 가리킨다. 이때의 추억은 『보헤미아의 작은 성들Petits Châteaux de Bohême』(1853)에 남아 있다.

**11** Pierre-Paul Prud'hon(1758~1823). 프랑스 화가. 주로 신화적이고 우의적인 그림을 그렸다.

걸어놓았다. 서가 위쪽에는 커다란 카이로 지도가 펼쳐져 있고, 머리맡에 세워둔 대나무 콘솔 위에는 세면도구들이 담긴 인도산 칠기 쟁반이 놓여 있다. 나는 행운과 비참이 엇갈렸던 내 지난날의 이 초라한 유품들을 기쁜 마음으로 되찾았으니, 거기에는 내 삶의 모든 추억이 얽혀 있었다. 다만 빠진 것이 있다면, **비너스와 에로스**를 그린 코레조[12]풍의 작은 동판화 하나, 사냥하는 여인들과 사티로스[13]들을 그린 벽 널들, 그리고 내가 젊었을 때 참가했던 발루아의 활쏘기 시합을 기념하기 위해 간직해두었던 화살 정도였다. 새로운 법이 제정된 후 내 무기들은 모두 팔아버리고 없었다. 요컨대 내가 마지막으로 소유했던 거의 모든 것이 거기 있었다. 내 책들, 피코 델라미란돌라[14]며 현자 뫼르시우스,[15] 니콜라우스 쿠자누스[16]의 망령들을 즐겁게 할 만한, 모든 시대의

---

12 Antonio Allegri da Correggio(1489~1534). 이탈리아 화가. 초기 르네상스의 이탈리아 대가들 중 한 사람.

13 그리스 신화에서, 반인반수半人半獸의 숲의 신.

14 Giovanni Pico della Mirandola(1463~1494). 이탈리아 철학자. 카발라에 입문했고, 플라톤과 신플라톤주의 등에 접했다. 그리스도교와 타 종교들 간의 연관을 지적했고, 성서를 카발라에 비추어 해석하기도 했다.

15 Johannes Meursius 일명 Jean de Meurs(1579~1639). 네덜란드 출신의 문헌학자로, 그가 쓴 『엘레우시니아Eleusinia』는 오랫동안 엘레우시스 신비 의식에 관한 유일한 자료였다.

16 Nikolaus von Kues 일명 Nikolaus Cusanus(1401~1464). 독일의 추기경

과학, 역사, 여행, 종교, 카발라, 점성술의 야릇한 집적 —
200권의 책으로 쌓아올린 바벨탑 — 을 사람들은 고스란히
내게 남겨주었다! 거기에는 현자를 광인으로 만들 만한 것
이 있었거니와, 이제 광인을 현자로 만들 만한 것이 있게끔
해보자.

그 얼마나 행복한 심정으로 나는 서랍 속에 내 비망록
들과 편지들을, 우연한 만남들과 내가 돌아다녔던 먼 나라
들의 기억을 되살려주는, 사적이거나 공적인, 유명 무명 인
사들과의 편지들을 분류해 넣었던가. 유독 정성스레 말아놓
은 두루마리 속에서, 나는 아랍어로 쓰인 편지들, 카이로와
이스탄불의 유물들을 되찾는다. 오 행복이여! 오 비통함이
여! 이 노랗게 바랜 글씨들, 지워진 초고草稿들, 반쯤 구겨진
이 편지들이, 내 유일한 사랑의 보물인 것이다…… 다시 읽
어보자…… 많은 편지가 없어졌고, 찢어지거나 지워진 것도
많지만, 내가 다시 읽은 것은 다음과 같다.[17]

으로, 그리스도교, 이슬람교, 불교 등 종교 및 예배의 다양성 너머에 유일
신에 대한 신앙이 있음을 보여주고자 했다.
17 다음의 공백에는 「오렐리아에게 보내는 편지들」이 들어가야 한다
는 주장도 있고, 전후 문맥상 반드시 그럴 필요가 없다는 주장도 있다. 아
무튼, 작가가 "교정지에서 채워 넣곤 하던" 이런 공백이 남아 있다고 해서
『오렐리아』가 미완성작이라고 볼 수는 없다는 견해가 지배적이다.

어느 날 밤, 나는 일종의 무아경에 빠져 말하고 노래했다. 요양원의 직원 중 한 사람이 내 병실에 와서 나를 아래층의 한 침실에 데려다 가두어버렸다. 나는 내 꿈을 이어나갔고, 선 채로이기는 했지만, 내가 일종의 동양식 정자에 갇혀 있는 것이라고 믿었다. 나는 그 모든 모퉁이를 찬찬히 살펴보았고 그것이 팔각형이라는 것을 알아냈다. 벽을 따라 긴 의자가 놓여 있었는데, 그 벽들은 두꺼운 유리로 되어 있는 듯했으며, 그 너머에는 보물들과 숄들과 태피스트리들이 빛나는 것이 보였다. 문의 격자살 사이로 달빛에 비친 풍경이 나타났는데, 나무둥치들과 바위들의 생김새가 눈에 익은 듯했다. 나는 이미 다른 어떤 삶에서 거기 살아본 적이 있었으며, 엘로라의 깊은 동굴들[18]이 다시 보이는 듯했다. 조금씩 푸르스름한 빛이 정자 안으로 새어 들어 기이한 영상들을 나타나게 했다. 나는 전 세계의 역사가 피로 씌어 있는 거대한 납골당 한복판에 있는 듯했다. 내 맞은편에는 한 거대한 여인의 몸이 그려져 있었는데, 그 몸의 각 부분은 마치 검으로 벤 듯 잘려 있었다. 여러 인종의, 또 다른 여인들이

18 18세기 말에 발견된 인도의 유명한 석굴로 불교, 힌두교, 자이나교 등 30여 개 지하 신전이 있다.

나타나 그녀들의 몸이 점점 더 압도적이 되어가면서, 다른 벽들 위에는 팔다리와 머리들이 피투성이로 얽혔으니, 그중에는 황후와 왕비의 것도 비천한 농사꾼 아낙의 것도 있었다. 그것은 모든 범죄의 역사였으며, 여기저기 몇 군데만 들여다보아도 비극적 장면이 온전히 그려지는 것이었다. '바로 저것이 인간들에게 수여된 권력이 만들어낸 것이다' 하고 나는 생각했다. '그들은 아름다움의 영원한 이상을 조금씩 파괴하고 갈래갈래 찢어놓아, 마침내 인종들은 점차 힘과 완전성을 잃어버리고 있다……' 실제로 나는 문틈으로 스며드는 한 가닥 그림자 위에서 미래 종족들의 후손을 보았다.

마침내 나는 그런 암담한 상념에서 벗어나게 되었다. 내 훌륭한 의사의 선량하고 관대한 얼굴이 나를 산 자들의 세계로 돌아오게 했던 것이다. 그는 내게 아주 흥미로운 광경을 보여주었다. 환자 중에 한 청년이 있었는데, 전에 아프리카 병사였던 그는 여섯 주째 음식물을 거부하고 있었다. 그래서 요양원에서는 위에 삽입한 긴 고무관을 통해 액체로 된 영양식을 주입하고 있었다. 게다가 그는 보지도 말하지도 못했다.

이 광경은 내게 강한 인상을 주었다. 그때까지 감각의 혹은 정신적 고통의 단조로운 테두리 안에 갇혀 있던 나는, 마치 삶의 마지막 문 앞에 스핑크스처럼 앉아 묵묵히 인내

하는 뭐라 정의할 수 없는 한 존재를 만난 것이었다. 나는 불행하고 버림받은 그를 사랑하게 되었고, 그런 연민과 동정심으로 인해 고양되는 느낌이었다.[19] 내게는 그렇듯 생사의 길목에 놓인 그가 마치 말로는 감히 옮길 수도 없고 제대로 전할 수도 없는 영혼의 비밀들에 귀 기울이는 사명을 띤 지고의 통역자나 고해자인 것처럼 보였다. 그것은 다른 누구의 생각도 섞이지 않은 신의 귀였다. 나는 그의 머리 위에 내 머리를 숙이고 그의 손을 잡은 채, 몇 시간이고 마음속으로 자신을 돌이켜보았다. 내게는 모종의 자기磁氣가 우리 두 사람의 정신을 이어주는 듯이 여겨졌고, 그의 입에서 처음으로 말이 새어 나왔을 때는 정말로 기뻤다. 사람들은 도무지 믿으려 하지 않았지만, 나는 내 간절한 소원 덕분에 그가 회복되기 시작한 것이라고 생각했다. 그날 밤, 나는 오랜만에 처음으로 아주 즐거운 꿈을 꾸었다. 나는 어떤 탑 속에 있었는데, 그것은 땅 쪽으로도 아주 깊고 하늘 쪽으로도

19 앞에서 네르발의 분신은, 네르발이 영적 세계의 신비에 접근하는 것을 막아서며 네르발을 대신하여 오렐리아를 차지하는 경쟁적 역할에서 신적인 동반자 역할로 변모했었다. 이제 네르발은 이 청년(사튀르냉)에게서 영적 세계와 교통하는 "지고의 통역자"를 보는 동시에 그의 고통에 대한 동정심과 연민을 느끼며, 「칼리프 하켐의 이야기」에서 하켐이 자신에게 치명타를 가한 분신을 형제애로 끌어안듯이, 그 역시 이 청년에 대해 형제애를 통해 영적 세계와의 연결을 되찾게 된다.

아주 높아서, 내 모든 삶이 그것을 오르고 내리는 데 소모될 것처럼 보였다.[20] 이미 나는 기진해 있었고, 용기를 잃을 것만 같았는데, 그때 측면에 난 문이 하나 열리더니, 한 영이 나타나 내게 이렇게 말했다. "오라, 형제여!……" 왜 그랬는지 모르지만, 나는 그의 이름이 사튀르냉[21]이라는 생각이 들었다. 그는 그 가련한 환자와 같은, 하지만 이지적으로 변한 모습을 하고 있었다. 우리는 별빛 비치는 들판에 있었다. 우리는 걸음을 멈추고서 그 광경을 바라보았는데, 영은 내가 전날 내 동료에게 자기磁氣를 전해주기 위해 그렇게 했던 것처럼 내 이마에 손을 올려놓았다. 그러자 곧 하늘에 보이던 별들 중 하나가 커지기 시작하더니, 내가 꿈에서 보았던 여신이 전에 보았던 것처럼 인도풍의 의상을 입고 미소 지으며 나타났다. 그녀는 우리 둘 사이로 걸어왔고, 그녀의 발길이 스치는 대지 위에는 꽃과 잎새 들이 피어났다…… 그녀는 내게 말했다. "네가 겪어야 했던 시련은 이제 끝이 났다. 네가 오르내리느라 지쳤던 저 무수한 계단은 네 생각을

---

20 이는 앞에서 이야기되었던 "200권의 책으로 쌓아올린 바벨탑," 즉 네르발이 통합하고자 하는 비의적 전통의 이미지가 변용된 것이라 할 수 있다.

21 사튀르냉Saturnin이란 전통적으로 멜랑콜리와 연관되는 토성Saturn을 연상시키는 이름이다.

어지럽히던 옛 환상들의 속박 그 자체인 것이다.[22] 이제 네가 성모 마리아에게 간구했던 날을, 그녀가 죽었다는 생각에 광기가 네 정신을 사로잡았던 날을 돌이켜보라. 그녀에게 네 소원은 단순하고 지상의 속박들로부터 해방된 영혼에 의해 전달되어야만 했던 것이다. 그 영혼은 네 가까이에 있었고, 그래서 나는 친히 와서 너를 격려할 수 있게 된 것이다." 이 꿈이 내 정신에 두루 퍼뜨린 기쁨으로 인해 나는 행복한 기분으로 깨어났다. 날이 새고 있었다. 나는 나를 위로해주었던 환영에 대한 기억을 구체적으로 간직하고 싶었고, 그래서 벽 위에 "당신이 오늘 밤 나를 찾아왔다"라고 써두었다.

나는 여기, **추상기**라는 제목으로, 내가 방금 이야기했던 꿈에 이어진 몇 가지 꿈을 적는다.[23]

---

22 이런 대목에서는 네르발이 이전에 심취했던 비의적 전통을 "환상"으로 치부하고, 좀더 "단순"해지고자 하는 소망이 엿보이기도 한다. 그러나 이어지는 「추상기」에서 보듯, 그가 상정했던 구원은 압도적으로 제교혼효적인 것이다.

23 『오렐리아』서두에서 언급했던 스베덴보리의 '추상'을 상기시킨다. 스베덴보리는 그것이 "잠보다는 몽상에서 비롯된다"라고 했고, 네르발은 "방금 이야기했던 꿈에 이어진 몇 가지 꿈"으로 제출하고 있다.

오베르뉴[24]의 드높은 산봉우리에 목동들의 노래가 울려
퍼졌다. **가련하신 마리아!**[25] 천상의 여왕이여! 그들의 경건
한 노래는 당신께 바쳐진다. 그 소박한 가락이 코리반테스[26]
의 귓전을 두드렸다. 그러자 그들도 사랑의 신이 마련해준
은밀한 동굴 속 거처에서 나와 노래한다. 호산나! 땅에는 평
화, 하늘에는 영광![27]

  히말라야[28] 산중에 한 떨기 작은 꽃이 피어났다. 나를

---

24 프랑스의 중부 산악 지방.

25 가톨릭교회에서 성모를 부르는 호칭이 여러 가지이기는 하나, "가련
하신 마리아Pauvre Marie"라는 표현은 알려져 있지 않다. 이는 그리스도
보다 성모가 자신을 위해 희생되었다고 믿으려 하는 네르발 특유의 발상
에서 나온 것이 아닌가 싶다. 이런 여성 대속자의 이미지는 뒤에서 소피
아—사바의 여왕—비너스—발키리 등의 이미지로 이어진다.

26 고대 그리스에서 키벨레(모든 신의 어머니, 레아에 해당함)를 섬기던
사제들.

27 '호산나'란 '이제 구원하소서'라는 뜻으로, 그리스도의 예루살렘 입성
을 환영하던 무리가 외치던 말이다. "땅에는 평화, 하늘에는 영광"이란 천
사들이 그리스도의 탄생을 알리며 "지극히 높은 곳에서는 하나님께 영
광이요 땅에서는 하나님이 기뻐하신 사람들 중에 평화로다"(「누가복음」
2:14)라고 했던 말을 줄인 것이다.

28 『오렐리아』 제1부 5장에서도 보았던 대로, 네르발에게 있어, 세속에
오염되지 않은 산은 태초의 신성함을 간직한 곳으로 간주된다. 특히, 제

잊지 마세요! 별의 영롱한 시선이 한순간 그 위에 머물더니, 감미로운 이국어로 대답이 들려왔다. **미오조티스**Myosotis![29]

은구슬 하나가 모래 속에 반짝였고, 금구슬 하나가 하늘 위에 찬란했다…… 세계가 창조된 것이었다. 정결한 사랑이여, 신성한 탄식이여! 성산聖山에 불을 붙이라…… 너희는 골짜기에 형제들을, 숲속으로 달아나는 수줍은 자매들을 가졌으니!

파포스[30]의 향기로운 수풀도, 가슴 가득히 조국[31]의 생동케 하는 대기를 들이마실 수 있는 이 은신처들만은 못하다. "저 높이, 산에서는 모두들 행복하게 산다네 야생의 밤 꾀꼬리도 기뻐 노래한다네!"[32]

---

교혼효주의의 입장에서 인류 역사의 근원을 추구하려 하는 그는 히말라야를 모든 인종의 시발점인 성지로 본다.

**29** 물망초勿忘草.

**30** 키프로스에 있는 도시로, 아프로디테(비너스)에 대한 예배식이 거기서 거행된다.

**31** 『동방 기행』에는 다음과 같은 대목이 있다. "우리 모두의 최초의 조국 patrie인 이 신성한 땅에서 나는 어떤 순진한 처녀와 결합하여, 인류를 생동케 하는vivifiantes 이 샘들, 우리 선조들의 시와 신앙의 원천인 샘들에 다시금 잠겨야겠다"(Pléiade II, p. 338). 여기서 '조국'이란 네르발 개인의 조국이 아니라, 그가 인류의 조국이라 여기는 동방 내지는 히말라야 성산을 말한다.

**32** 민요의 한 소절.

오! 내 사랑하는 여인은 아름답기도 하다! 그녀는 그토록 위대하여 세상을 용서하며, 그토록 선량하여 나를 용서했다. 지난밤 그녀는 내가 알지 못하는 궁전에서 잤고, 나는 그녀를 따라갈 수 없었다. 내 그을린 밤색 말은 기진맥진이었다. 끊어진 고삐는 땀에 젖은 말 궁둥이 쪽으로 나부꼈고, 말이 땅바닥에 주저앉지 않도록 나는 무진 애를 써야 했다.

그날 밤에는, 선량한 사튀르냉이 나를 도우러 왔으며, 내 사랑하는 여인은 은갑銀甲을 입힌 하얀 암말을 타고 내 옆으로 왔다. "용기를 가져요, 형제여! 이제 마지막 단계니까요."

그녀의 커다란 두 눈은 공간을 질주했으며, 예멘[33]의 향내 배인 그녀의 긴 머릿단은 바람에 흩날렸다.

나는 ***[34]의 숭고한 모습을 알아보았다. 우리는 승리를 향해 내달렸으며, 적들은 우리 발치에 쓰러졌다. 사자使者인 오디새[35]가 우리를 가장 높은 하늘로 인도했고, 아폴론의

33 예멘은 전통적으로 시바의 여왕과 연관되는 나라이고, 시바의 여왕은 네르발의 '여신'의 현신 중 하나다.
34 '소피'라는 이름이 지워져 있었다고 하는데, 이 이름은 「실비」의 아드리엔의 모델이 되었던 것으로 알려진 푀셰르 남작 부인 소피 도스인 동시에, 영지주의에서 궁극적 인식, 지혜를 의미하는 '소피아'이기도 하다.
35 『동방 기행』 중 「아도니람의 이야기」에서 사바의 여왕을 수행하는 새로, 예지 능력을 가졌다.

신적인 손안에서는 빛의 홍예가 번쩍이고 있었다. 아도니스[36]의 마술 뿔피리가 온 숲속에 울려 퍼졌다.

오 죽음이여! 너의 승리가 어디 있느냐,[37] 승리의 메시아가 우리 둘 사이를 말 달리시거늘? 그의 옷은 유황처럼 누르고 붉은빛이었으며, 그의 손목들에, 그리고 발목들에는, 금강석과 루비가 찬란했다. 그의 가벼운 채찍이 새 예루살렘의 진주 문에 스치자, 우리 셋은 모두 빛에 휩싸였다. 그러고서 나는 다시 사람들 사이로 내려와 기쁜 소식[38]을 전하게 되었다.

나는 감미로운 꿈에서 깨어난다. 내가 사랑하던 여인이 눈부신 모습으로 변모한 것을 보았다. 하늘이 열려 그 영광

36 페니키아 신화에서는 생장과 다산의 신으로, 그리스 신화에서는 페르세포네와 아프로디테의 사랑을 받았다고 전하는 미소년. 그는 바빌론의 탐무즈, 이집트의 오시리스 등과 동일시되며, 지중해 동부 전역에서 숭배되었다.

37 앞의 뿔피리 소리에서 성서의 나팔 소리를 연상한 듯하다. "나팔 소리가 나매 죽은 자들이 썩지 아니할 것으로 다시 살아나고 우리도 변화되리라. 이 썩을 것이 반드시 썩지 아니할 것을 입겠고 이 죽을 것이 죽지 아니함을 입으리로다. 이 썩을 것이 썩지 아니함을 입고 이 죽을 것이 죽지 아니함을 입을 때에는 사망을 삼키고 이기리라고 기록된 말씀이 이루어지리라. 사망아, 너의 승리가 어디 있느냐, 사망아, 네가 쏘는 것이 어디 있느냐"(「고린도전서」 15:52~55).

38 그리스도교에서 말하는 '복음'의 원의가 '기쁜 소식'이다. 네르발은 이제 구원의 소식을 전하는 자가 된 것이다.

이 온전히 드러나 보였고, 나는 거기서 예수 그리스도의 피로 쓴 **용서**라는 말을 읽었다.

문득 별 하나가 빛나더니 내게 세계 중의 세계의 비밀을 계시했다. 호산나! 땅에는 평화, 하늘에는 영광![39]

적막한 어둠 속으로부터, 두 개의 음이, 하나는 낮게 다른 하나는 높게 울려 퍼졌고, 그러자 영원한 궤도가 곧 돌기 시작했다. 축복받으라, 오 신을 찬미하는 노래를 시작한 최초의 음계여! 주일主日에서 주일까지, 모든 날을 네 마법적인 그물 안에 끌어안으라. 산은 계곡에게, 샘은 개울에게, 개울은 강에게, 강은 대양에게, 너를 노래한다.[40] 대기가 진동하고, 빛은 피어나는 꽃들 위에 조화롭게 어룽진다. 대지의 부푼 가슴으로부터 한숨이, 사랑의 전율이 새어 나오며, 천체들의 합창은 무한 속에 펼쳐진다. 그것은 멀어져갔다가는 되돌아오고, 빽빽이 모여 피어나고, 멀리까지 새로운 창조의 씨앗들을 뿌린다.

푸르스름한 산봉우리에 한 떨기 작은 꽃이 피어났다. 나를 잊지 마세요! 별의 영롱한 시선이 한순간 그 위에 머물더니, 감미로운 이국어로 대답이 들려왔다. **미오조티스!**

---

**39** 어떤 이본에는 이 두 줄 대신 다음과 같은 구절이 들어가기도 한다. "너희는 아느냐 내 아이들아 세계와 모든 세계들의 비밀을, 카드무스의 아내 아르모니아가 너희에게 그것을 가르쳐주리라."
**40** 어떤 이본에는 여기에 '땅 위에 호산나! 하늘에도 호산나!'가 들어간다.

화 있을진저, 북방의 신이여, 가장 귀한 일곱 가지 금속으로 된 신성한 탁자를 망치질 한 번으로 부숴버린 자여![41] 하지만 그 중심의 **장밋빛 진주**[42]는 부수지 못했으니, 그것은 철퇴 아래 튀어 올랐고, 이제 그것을 위해 우리는 무장했다…… 호산나!

**마크로코스모스** 즉 대우주는 카발라 마술로 지어졌고, **미크로코스모스** 즉 소우주는 모든 가슴속에 비추어진 그 영상이다. 장밋빛 진주는 발키리들의 고귀한 피로 물들여졌다.[43] 화 있을진저, 대장장이 신이여, 한 세계를 부수려 했던 자여![44]

---

41 여기서 말하는 "북방의 신," 즉 스칸디나비아 신화에 나오는 신들 중 망치를 무기로 가진 신은 천둥과 비의 신 토르이다.

42 장미십자회의 상징에서 보듯이, 장미는 비의秘義의 중심을 이룬다.

43 장미십자회의 상징에서는, 붉은 장미가 '그리스도의 신비한 보혈로 물들여진' 십자가의 복판에 놓이게 된다. 말하자면, 여기서 발키리들은 그리스도 대신 대속의 피를 흘리는, 성모인 동시에 이시스이며 사랑하는 여인에 해당한다 하겠다.

44 토르가 망치를 가졌다는 점에서 "대장장이 신"이라 부른 것으로 보이는데, 네르발에게서 '대장장이'가 상징하는 바는 『동방 기행』 중 「아도니람의 이야기」에 나오는 투발-카인에게서 찾아볼 수 있다. 카인의 후예로서 대장장이들의 조상이 되었다고 하는 투발-카인은 네르발의 비의적 상상 세계에서 여호와가 다스리는 질서에 맞서는 힘을 가진 인물이다. 이처럼 망치라는 강한 힘으로 기존 세계에 도전하는 자를 정죄하는 것은 일단은 그에 대한 그리스도교의 승리를 수긍하는 것이지만, 뒤이어 그에 대

그러나 그리스도의 용서는 너를 위해 선포된 것이기도 했다![45]

그러니 너도 축복받으라, 오 거인 토르여, 오딘의 아들 중 가장 힘센 자여! 네 어머니 헬[46] 안에서 축복받으라, 왜냐하면 너의 형제 로키,[47] 너의 개 가룸[48]에게 그랬듯, 때로는 죽음도 감미로우니까!

세계를 감고 있는 뱀[49]도 축복받았으니, 그것은 똬리를 풀고, 그 벌어진 입은 앙소카 꽃, 유황빛 나는 꽃, 태양의 눈부신 꽃을 삼킨다!

오딘의 아들, 저 훌륭한 발드르[50]에게, 그리고 아름다운

---

한 그리스도의 용서를 선포함으로써 네르발은 다시금 그리스도교와 비의적 전통 간의 융합을 꾀하고 있는 것으로 보인다.

**45** 이처럼 종말에는 사탄까지도 구원받으리라고 하는 사상은 고대의 교부들 이래 영지주의 및 신비주의 전통으로 계승되어온 것으로, 네르발 외에도 블레이크, 위고 등 여러 낭만주의자에 의해 문학적으로 표현되었다.

**46** 로키의 딸, 죽음과 하계의 여신. "헬"은 때로 하계를 가리키는 말로도 쓰인다.

**47** 불의 신. 라그나뢰크(세상의 종말) 때에 헤임달(신들의 세계인 아스가르드를 지키는 파수꾼)과 싸우다 죽는다.

**48** 하계를 지키는 개. 라그나뢰크 때에, 전쟁의 신 티르(로마신화의 마르스)와 싸우다 죽는다.

**49** 로키가 낳은 뱀을 가리킨다. 이 뱀은 바다 밑에서 세계를 말아 감고서 꼬리를 입에 물고 있다고 한다(제1부 8장 주10 참조).

**50** 태양의 신. 기쁨, 선량함, 지혜, 아름다움 등을 상징한다.

프레이야[51]에게, 신의 가호가 있기를!

　　나는 **영의 상태**로, 지난해에 가보았던 사르담[52]에 있었다. 눈이 대지를 덮고 있었다. 아주 어린 소녀가 얼어붙은 땅 위를 미끄러지듯 걸으며 표트르 대제[53]의 집 쪽으로 가고 있었다. 소녀의 기품 있는 옆모습에는 부르봉 왕가다운 구석이 있었다. 백조의 깃털로 된 목도리 위로, 눈부시게 흰 목이 반쯤 드러나 있었다. 그 작은 장밋빛 손으로, 그녀는 불 켜진 등잔을 바람으로부터 지키며 집의 초록색 문을 두드리려 했는데, 그러자 집에서는 여윈 암고양이가 한 마리 나와 그녀의 다리에 감겨들어서는 그녀를 넘어뜨렸다. "뭐! 겨우 고양이잖아!" 어린 소녀는 일어나며 말했다. "고양이도 대단한 것이지!" 하고 부드러운 음성이 대답했다. 나는 그 장면에 함께 있었고, 내 팔에 안고 있던 회색 새끼 고양이가 야옹거리기 시작했다. "그건 저 늙은 요정의 아이예요!" 어린 소녀가 말했다. 그러고는 집 안으로 들어가버렸다.

　　그날 밤, 내 꿈은 먼저 빈으로 옮겨갔다. 알다시피 이

---

51 사랑, 결혼, 다산의 여신. 로마신화의 비너스에 해당한다.
52 네덜란드의 한 도시. 1844년과 1852년, 두 번 그곳을 여행했던 네르발은 그 이국적인 풍경에 깊은 인상을 받았던 듯하다.
53 1672~1725. 러시아 황제. 러시아의 서구화를 추진했으며, 그 일환으로 신분을 드러내지 않고 네덜란드, 영국, 빈 등지를 시찰했다고 한다.

도시에는 광장마다 **용서**라고 부르는 큰 기둥들이 솟아 있다. 대리석 구름들이 층층이 쌓여 솔로몬 양식[54]을 이루며 신들이 앉아 주재하는 구체球體들을 떠받치고 있다. 문득, 오 경이롭게도! 나는 러시아 황제의 저 위엄 있는 누이[55]를 생각하기 시작했으니, 전에 바이마르에서 그녀의 궁전을 본 적이 있었다. 감미로운 우수에 잠긴 내게 부드러운 회색 햇빛에 비췬 노르웨이 풍경의 빛깔 물든 안개가 떠올라왔다. 구름들은 투명해졌고, 내 앞에는 깊은 심연이 파이더니 차디찬 발트해의 파도들이 마구 몰아쳐 들어가고 있었다. 네바 강의 푸른 물결 전체가 지구의 이 갈라진 틈으로 삼켜지는 듯했다. 크론시타트[56]와 상트페테르부르크의 배들은 닻을 내린 채 요동하는 것이, 막 줄이 끊어져 심연 속으로 사라질 것만 같았다. 그때 신성한 빛이 저 높은 곳으로부터 이

---

54 솔로몬 양식ordre salomonique이란 16세기 중엽 바로크 건축물에 많이 쓰인 양식으로, 솔로몬의 예루살렘 성전에서 유래했다는 전설이 있는 나선형 기둥들이 특징이다.

55 러시아 황제 니콜라이 1세(1796~1855)의 누나인 마리아 파블로브나(1786~1859)는 바이마르 대공 카를 프리드리히Karl Friedrich(1783~1853)와 결혼했다. 네르발은 1850년 8~9월 독일 여행 때 대공을 만난 적이 있다. 그 후 1854년 5~7월에 다시 독일을 여행했으며, 8월에 블랑슈 의사의 요양원으로 돌아가 『오렐리아』를 썼다.

56 표트르 대제가 발트해로 접근하는 적을 막기 위해 구축한 요새로서, 러시아 함대의 주둔지.

황폐한 장면을 비추었다.

안개를 꿰뚫는 강한 빛줄기 아래서, 나는 곧 표트르 대제의 조각상을 떠받치는 바위가 나타나는 것을 보았다. 그 단단한 받침대 위쪽에는 구름들이 몰려들어 천정天頂에 이르렀다. 구름들에는 빛나고 아름다운 얼굴들이 실려 있어, 그중에는 두 명의 예카테리나 여제와 성 헬레나 황후,[57] 그리고 그녀들을 수행하는 모스크바와 폴란드에서 가장 아름다운 공주들의 모습도 보였다. 그녀들의 부드러운 시선은 프랑스 쪽을 향하고 있었으며 수정으로 된 긴 망원경으로 공간을 단축하고 있었다. 그렇게 해서 나는 우리의 조국이 동방의 분쟁[58]에 중재자가 되었으며, 그녀들은 그 해결을 기다리고 있음을 알았다. 내 꿈은 마침내 우리에게 평화가 찾아오리라는 감미로운 희망으로 마감했다.

---

57 두 명의 예카테리나란 표트르 대제의 황후로 그의 사후 제위를 계승했던 예카테리나 1세(1684~1727)와 표트르 3세의 황후로 쿠데타를 일으켜 제위를 찬탈한 예카테리나 2세(1729~1796)를 가리킨다. 헬레나 황후(264/248경~329/330경)는 그리스도교를 공인한 로마 황제 콘스탄티누스 1세(272~337)의 모후다.

58 오스만 제국이 몰락하던 18세기 말 이후로 유럽 각국의 외교 관계에 일어났던 일련의 분쟁들을 가리키며, 이로 인해 결국 러시아 대 오스만투르크·영국·프랑스·사르데냐 연합의 크림 전쟁(1853~1856)이 발발했다.

그리하여 나는 대담한 시도를 할 용기를 냈다. 꿈을 탐색하여 그 비밀을 알아내기로 결심한 것이다. 어찌하여 저 신비한 문들을 내 모든 의지로 무장한 채 밀고 들어가지 못하는가, 내 느낌들을 그저 받아들이는 대신 내 편에서 다스리지 못하는가, 하고 나는 자문했다. 저 매혹적이고도 두려운 몽환을 길들인다는 것, 우리의 이성을 가지고 노는 저 밤의 영들에게 규칙을 부과하는 것은 불가능하다는 말인가? 잠은 우리 삶의 3분의 1을 차지한다. 그것은 우리의 낮의 고통에 대한 위안 혹은 낮의 즐거움에 대한 벌이며, 나에게 잠은 결코 휴식이 되어본 적이 없었다. 잠시 동안의 마비 상태가 지나면, 시간과 공간의 조건들로부터 해방된, 분명 죽음 뒤에 우리를 기다리는 삶과도 비슷한, 새로운 삶이 시작된다. 이 두 가지 삶 사이에 무슨 연관이 없는지, 영혼이 지금부터도 그런 연관을 맺을 수는 없는지, 누가 알겠는가?

그때부터 나는 내 꿈들의 의미를 모색하기 시작했고, 이런 불안은 깨어 있는 동안의 내 생각에도 영향을 미쳤다. 나는 외부 세계와 내부 세계 사이에 연관이 존재한다는 것, 명백한 관계들이 단지 부주의와 정신적 무질서로 인해 왜곡되고 있다는 것, 그리고 어떤 장면들의 기이함은 실제의 대상이 흔들리는 수면에 비치면 일그러져 보이는 것과도 같은 방식으로 설명된다는 것을 이해할 듯했다.

이상과 같은 것이 내가 밤에 얻은 영감들이었으니, 내

낮 시간은 불쌍한 환자들과 더불어 안온하게 지나갔고, 나는 그들 가운데서 친구를 사귀었다. 이제 내가 지나간 삶의 과오들로부터 정화되었다고 하는 의식은 내게 무한한 정신적 희락을 안겨주었고, 내가 사랑했던 모든 인물이 죽지 않고 영원히 함께 산다는 확신이 구체적으로 다가왔다. 나는 절망 가운데 있던 나를 종교의 광명한 길로 돌아오게 해주었던 형제의 영혼을 축복했다.

지적인 삶을 박탈당했던 그 가련한 소년은 보살핌을 받아 점차 그 마비 상태에서 벗어나게 되었다. 그가 시골에서 태어났다는 것을 알게 된 나는 여러 시간씩 그에게 시골의 옛 노래들을 불러주고, 거기에 더없이 감동적인 표현을 담아보려 했다. 그가 그 노래들을 듣고 어떤 소절들을 따라 부르는 것을 보았을 때는 정말로 기뻤다. 마침내, 어느 날, 그는 잠깐 눈을 떴고, 나는 그의 눈이 내 꿈에 나타났던 영의 눈과도 같이 푸른 것을 보았다. 그로부터 며칠 후, 어느 날 아침, 그는 그 큰 눈을 크게 뜨고는 감으려 하지 않았다. 그는 곧 드문드문하게나마 말하기 시작했고, 나를 알아보았고, 나를 형제라 부르며 친하게 대했다. 하지만 그는 여전히 먹으려고는 하지 않았다. 어느 날 정원에서 돌아오다가, 그는 내게 말했다. "목이 말라." 내가 마실 것을 찾아다 주었더니, 물컵이 입술에 닿는데도 그는 삼키지를 못했다.

"왜 다른 사람들처럼 먹고 마시려 하지 않나?" 내가 물었다.

"왜냐하면 나는 죽었거든." 그가 말했다.

"나는 어디어디에 있는, 어디어디 묘지에 묻혔어……"

"그럼 지금은 어디 있다고 생각하나?"

"연옥이야. 나는 속죄를 하는 중이지."

이상과 같은 것이 바로 이런 종류의 병에서 비롯되는 기이한 생각들이다. 나는 나 자신도 그런 이상한 확신에서 그다지 멀리 있지 않았음을 인정했다. 내가 받은 치료 덕분에 나는 가족과 친구들의 애정 속으로 돌아오게 되었고, 내가 얼마 동안 살았던 환상의 세계를 좀더 건전하게 판단할 수 있었다. 그러나 나는 내가 얻은 신념들로 인해 행복하며, 그래서 내가 겪은 일련의 시련들을 고대인들에게 하계 방문[59]이라는 관념이 나타내던 것에 비교하곤 하는 것이다.

---

59 신들이나 영웅들이 하계로 내려가는 것은 고대 신화에서 공통적으로 발견되는 주제로, 어둠(죽음)의 세계를 정복함으로써 영지주의적 인식, 권능 등에 도달하게 된다.

## 옮긴이의 말
# 근원을 찾아가는 영혼의 여정

제라르 드 네르발Gérard de Nerval, 본명 제라르 드 라브뤼니 Gérard de Labrunie는 1808년에 출생하여 1855년에 사망했다. 이는 프랑스 역사에서 나폴레옹의 권세가 내리막에 접어들기 시작하여 실각에 이르고, 왕정복고와 7월 왕정, 제2 공화정과 제2제정이 다투어 들어서고 밀려나는 혼란과 동요의 시기에 해당한다. 네르발의 아버지 에티엔 라브뤼니도 1809년 군의관으로 나폴레옹의 독일 군대에 종군하여 1814년 종전이 되어서야 돌아왔고, 그의 어머니는 돌을 갓 지난 어린 아들을 남겨두고 전지까지 남편을 따라갔다가 열병으로 사망했다. 그리하여 아버지의 소식마저 끊긴 채 고아나 다름없는 처지가 된 제라르는 어머니의 고향인 발루아 지방에서 외종조부에 의해 키워졌다. "신은 곧 태양"이라는 이 종조부의 가르침은 이후 네르발의 신앙과 시적 상상력의 근원이 되며, 그가 귀국한 아버지와 함께 파리에서 살게 된 후로도 방학이면 찾아가곤 했던 발루아 지방은 훗날 삶에 지친 그를 받아주는 고향이 된다.

1826년에 고등학교를 졸업한 뒤 착수하여 1827년 말에 발표한 『파우스트』의 번역은 그에게 때 이른 명성을 가져다 주었다. 노老문호 괴테가 네르발의 프랑스어 번역본을 읽고 "내가 나를 이렇게 잘 이해하기는 처음"이라고 회답해주었 다는 것은 유명한 일화다. 여기에 힘을 얻은 그는 빅토르 위고의 소설을 희곡으로 각색하기도 하고, 독일 시인들의 시를 번역하기도 하면서 문학청년들과 어울리게 되었다. '네르발'이라는 필명을 쓰기 시작한 것은 1831년부터인데, 이는 본래 외가의 한 소유지 이름으로, 자신의 근원에 대한 상상을 즐겨했던 그는 그것이 로마 황제 네르바에게서 유래하는 것이리라고 추정했다고 한다.

한편 확고한 직업을 갖기를 종용하는 아버지의 뜻에 따라, 그는 몇몇 직업의 견습을 시도하다가 결국은 아버지의 희망대로 의학 공부를 시작하여 한동안 계속했던 듯하나, 1834년 외조부의 타계로 상당한 유산을 물려받게 되면서부터 본격적인 보헤미안의 생활로 접어들었다. 당장 그해 가을에 유산의 일부를 현금화하여 프랑스 남부와 이탈리아를 여행하는가 하면, 몇몇 예술가 친구들과 더불어 공동생활을 하며 예술지상주의를 구가하는 분방한 삶에 뛰어들었던 것이다. 또한 그 여행을 전후하여 여배우 제니 콜롱Jenny Colon을 만나게 되었으며, 그리하여 그의 평생 동안 지속될 사랑이 시작되었다. 그러나 1835년 5월 그가 제니를 출세시키

려는 일념으로 창간한 호화판 연극 잡지는 이듬해 6월 남의
손으로 넘어갔고, 그는 파산했다.

「실비Sylvie」는 이 무렵의 그를 잘 보여주는 작품이다.
물론 작가 자신과 작중 화자 사이에는 삶과 문학 사이의 엄
연한 거리가 있으며, 또 네르발이 의도적으로 그런 거리를
유지하려 했던 것도 사실이지만, 그렇다 하더라도 네르발은
그 자신의 말대로 "삶과 작품이 내밀히 연결되어 있는 작가
중 한 사람"이며, 특히 「실비」나 『오렐리아*Aurélia*』처럼 생
애의 말년에 쓴 작품의 경우에는 더욱 그러하다. 그러므로
우리는 이런 작품을 그의 삶과 따로 떼어 이해할 수 없으며,
거기에서 전기적 사실과의 일치 여부를 넘어서는 그의 내적
진실을 읽게 된다.

「실비」의 첫머리에서 그는 자신의 청년 시절을 "이상
한 시대"(12쪽)로 회고한다. 그것은 "위대한 치세의 쇠락이
나 혁명에 뒤이어 오는 시대,"(같은 곳) 좀더 구체적으로는
나폴레옹의 영광이 아직도 그 그늘을 드리우고, 그가 약관
의 나이에 그 열기와 환멸을 직접 맛보았던 7월혁명의 여운
이 남아 있는 시대다. "마치 페레그리노스와 아풀레이우스
의 시대와도 같은,"(같은 곳) 기존 신앙에 대한 극도의 회의
와 갖가지 신비적 신앙이 공존하는 이 이상한 시대의 젊은
이들에게 남은 피난처는 "시인들의 상아탑뿐"(13쪽)으로,
거기에서 그들은 "시와 사랑에 취했다"라고 한다. 그리고 그

사랑은 "물질적인 인간을 거듭나게 해줄 이시스 여신의 장미 꽃다발" "영원히 젊고 순결한 여신" "형이상학적인 환영들"(12~13쪽) 같은 표현에서 보듯이, 극도로 이상화된 사랑, "현실의 여인"이 아니라 결코 가까이 다가가서는 안 되는 "여왕이나 여신"에게 바치는 거의 종교적인 사랑이다. 「실비」와 함께 여성의 이름을 제목으로 하는 일련의 작품들을 함께 묶은 작품집 『불의 딸들 Les Filles du Feu』은, 이 "노쇠한 세계"에 "너무 늦게 태어난" 젊은이에게 사랑이란 세계와 삶의 근원에 이르는 방도이며, 그가 여성들에게서 보는 것은 그런 근원으로서의 불에서 태어난 불꽃임을 말해준다. 그러므로 그가 사랑하는 여인들은 영원히 동일한 여신의 무수한 화신들이며, 그에게 있어 사랑의 추구는 곧 종교적 모색과도 일치하게 된다.

「실비」는, 주인공 자신의 삶의 역사는 물론이고, 프랑스의 옛 역사, 로마제국과 켈트족에게까지 거슬러 올라가는 오랜 역사의 터전인 발루아 지방을 배경으로 하여, 그 시원始原의 순수한 정기가 살아 숨 쉬는 화신으로서의 소녀들을 보여준다. 아드리엔이 발루아 지방의 옛 노래를 부르는, 발루아 왕가의 피를 이어받은 소녀라면, 실비는 시골 소녀다운 소박함 속에 "아테네적인"(33쪽) 아름다움을, 다시 말해 고대로부터 변함없는 미美의 이상을 구현하고 있는 소녀이다. 그러므로 「실비」는, 화자의 표면적인 진술과는 달리,

단순히 아드리엔에 대한 이상적 사랑과 실비에 대한 현실적 사랑 사이의 갈등으로만은 환원되지 않는다. 실비에게서나 아드리엔에게서나, 또는 아드리엔의 환영으로서의 오렐리에게서나, 주인공이 사랑하는 것은 어느 한 구체적인 여인이라기보다 그의 꿈과 동경을 통해, 그리고 추억을 통해, 이상화된 구원의 여인상이라 할 것이다.

붙잡을 수 없는 이상 때문에 번번이 현실을 놓치고 마는 젊은 날의 씁쓸한 사랑 이야기를, 네르발은 이 짧고 영롱한 작품으로 형상화했으니, 그 소박하고 자연스러운 문체, 티없이 맑은 정취는 그것을 '목가적인' 작품으로 일컫기에 충분하다. 그러나 「실비」는 그 '투명한' 외관 속에 깊은 진실을 담고 있는 작품으로, 그것이 겉보기만큼 쉽게 쓰인 작품이 아니라는 것은 작가의 꿈과 고뇌가 고스란히 아로새겨져 있는 한 구절 한 구절에서 잘 드러난다. 얼핏 스쳐 지나가기 쉬운 비유들에, 인물이나 장소의 이름들에, 이미 작가의 상상 세계의 일부가 된 풍부한 독서 경험과 오랜 창작 생활에서 형성되어온 고유한 의미의 퇴적이 실려 있는 것이다. 뿐만 아니라, 작가의 면밀한 배려는 작품의 구성에서도 뚜렷이 드러난다. 「실비」의 열네 개 장은 각기 독특한 분위기를 지닌 화폭을 펼쳐 보이며, 서로서로 반향하여 의미의 울림에 깊이를 더해주고 있다.

언뜻 보아도 알 수 있듯이, 처음 일곱 개 장이 어린 시절의 사랑을 되찾으리라는 희망 속에서 그려진 고향과 고향 소녀의 이상화된 모습이라면, 나중 일곱 개의 장은 그런 이상이 현실 속에 시들어가는 과정을 보여주는 것이라 할 수 있다. 특히, 4, 5, 6, 7장과 8, 9, 10, 11장은 거의 반복적인 전개를 통해 그런 대비를 뚜렷이 보여준다. 외적인 줄거리 전개만으로는 잘 이해되지 않는 점들, 가령 6장에서 "어느 여름 아침 내내 신랑 신부가 되었던"(46쪽) 주인공과 실비가 어떻게 하여 헤어지게 되었는지, 그리고 그런 추억이 7장의 샬리 수도원에서 노래하는 아드리엔에 대한 추억과 어떻게 연결되는 것인지 하는 의문도, 7장과 11장의 대비 관계를 통해 분명해질 수 있을 것이다. 그런가 하면 1, 2, 3장과 12, 13, 14장은, 3장에서는 루아지로, 12장에서는 파리로 가는 대칭적 공간 이동, 2장 '아드리엔'과 13장 '오렐리'의 대응 관계, 1장과 14장에서 드러나는 회고적 시점 등에서 보듯이, 작품의 처음과 마지막이 서로 마주 보는 대칭 구조를 이룬다. 그리하여 작품 전체는 결국 제자리로 돌아오게 되는 기억의 닫힌 구조 속에서, 발루아에서의 추억을, 그리고 추억을 찾아가던 추억을 독특한 원근법으로 그려내게 되는 것이다.

「실비」에서 간과하기 쉬운 것은 바로 이런 원근법, 화자가 그의 이야기에 대해 갖는 거리다. 작품의 서두에서부터 회고적인 과거 시제는 이미 그것이 지난날에 관한 이야기라는 것을 보여주지만, 세월을 뛰어넘어 생생한 빛깔로 되살아나는 추억을 이야기하는 화자는 어느새 그 추억을 '살고' 있으므로, 그 추억의 시제를 분간하기는 쉽지 않다. 작가의 전기적 사실에 비추어 어느 정도 연대를 짚어본다면 (작가 자신과 작중 화자를 동일시할 수는 없지만, 대강의 경위를 맞춰볼 수는 있을 것이다), 발루아 지방에서 자라던 그가 외종조부의 죽음으로 파리에 가서 샤를마뉴 중학교에 다닌 것이 1820~1826년, 외조부의 유산을 상속한 해는 1834년이고, 극장에 자주 출입하며 여배우 제니 콜롱을 연모하던 시절은 1835~1836년경, 그녀에게 사랑을 고백한 것은 1837년의 일이다. 작중 화자는 아저씨의 유산을 상속한 지 3년 만에 탕진해버리고 고향을 다시 찾는 것으로 되어 있다(1836년경). 그러면서 자주 그곳에 가던 시절을 회상하는데, 2장에서 성관 앞에서 노래하는 아드리엔을 처음 본 것은 "중학교"에 다니기 시작한 때(1820년경), 4~6장에 걸친 실비와의 추억은 그보다 "몇 년 후," 즉 실비는 어느새 숙녀 대접을 받고 화자는 아직 공부하는 학생이던 때(1826년경)다. 7장에서 샬리 수도원의 신비극에서 노래하는 아드리엔을 마지막으로 본 시기는 2장보다 나중이겠고 아마 4~6장보다도 나중이리라 여겨지지만, 딱히 선후 관계가 명시되어 있지 않다. 8장부터는 다시 3장의 시제와 이어지는데, 12장에서 실비의 사랑을 되찾는 데 실패하고, 13장에서 오렐리에게 사랑을 고백하지만 거절당한다. 끝으로 "마지막 장"인 14장 — 실비의 자녀가 아직 "아이들"이던 시절(1840년대 초?) — 에 이르러서야 아드리엔이 1832년에 죽었다고 처음으로 작중 연대가 명시되는데, 이상의 맥락에서 1832년이란 화자가 고향에 자주 돌아가지 않던 시기에 해당한다고 볼 수 있다. 11장(1836년경)에서 주인공이 실비에게 아드리엔의 소식을 묻고 "참 안됐어요"라는 대답을 들었을 때, 그녀는 이미 고인이었을 것이다. 심상하게 전해지는 이 때늦은 소식은 이전의 세월에 갑작스러운 그늘을 드리우며 지난날에 대한 그의 거리감을 더하게 한다. 나아가 네르발이 「실비」를 쓴 것은 죽기 2년 전인 1853년, 정신병으로 요양원을 드나들던 시절이었다. 「실비」에서 이야기되는 젊은 날과 그것을 이야기하는 시점 사이에는 10여 년의 세월이 흘렀던 것이다. 「실비」의 화자가 그에 대해 말하지 않는, 그것은 어떤 세월이었던가?

1836년의 파산 이후, 네르발은 생계를 위한 글쓰기에 급급하여 고된 나날을 보내며 극작에 몰두했으나 성공하지 못한 채, 1838년에는 제니가 다른 사람과 결혼했으며, 1841년에는 재정적 고충과 격무 가운데서 최초의 정신병 발작을 일으켰고, 그 이듬해에는 제니의 부고를 듣게 되었다. 그 충격에서 헤어나기 위해 1년 가까이 중근동 지방을 여행했고, 유럽에 돌아와서도 여전히 고되고 불안정한 문필 생활을 계속하다가, 1851년에는 재차 발작을 일으켜, 이후로 죽기까지 요양원을 드나들게 된다. 그러면서 「실비」를 썼으니, 그것은 네르발 자신의 말대로 "어린 시절의 추억은 삶의 중반에 이르러 되살아나기" 때문일까. 어린 시절에 흘긋 엿보았던 꿈같은 영상을 되찾으려는 꿈이 어떻게 실패했던가를 이야기하면서, 그는 이렇게 쓰고 있다. "환상들은 하나씩 차례로, 마치 과일의 껍질과도 같이 벗겨져 나가며, 그리고 나서의 과일, 그것은 경험이다. 그 맛은 쓰지만, 거기에는 사람을 강하게 만드는 얼얼한 무엇이 들어 있다"(84쪽). 그렇다면 그는 정말로 강해졌던가. 중년의 그는 다가오는 시간의 낯설음에 대해 아무런 꿈 없이 맞설 만큼 의연했던가.

『오렐리아』는 제니에 대한 사랑의 좌절, 피아니스트 마리 플레옐Marie Pleyel의 중재로 어렵사리 화해하게 되었던 일, 1841년의 발작과 일련의 꿈들, 뒤이은 제니의 죽음, 그러고는 10년 만에 재발한 광기를 충실하게 기록한 자전적 작품이다. 그것은 꿈에서 깨어나기는커녕, 오히려 꿈을 통해 삶의 진정한 의미에 도달하려 하는 그를 보여준다. 「실비」가 "이상한 시대"를 살며 불가해한 삶의 진의에, 그 항구적 근원에 도달하기 위해 그가 한때 지녔던 덧없는 사랑의 꿈들에 관한 것이라면, 『오렐리아』는 겹겹의 너울처럼 떨어져 내리는 꿈들의 저편에 있을 그 어떤 궁극적 비의에 도달하기 위해 한층 더 심화되고 가열해지는, 또 다른 차원의 꿈에 관한 것이다. 이때의 꿈은 단순히 이루어질 수 없는 이상이나 동경이라는 뜻이 아니라, 말 그대로의 꿈이며 환상이며 착란이 된다. 『오렐리아』는 흔히 그의 광기의 기록으로 알려져 있지만, 그 착란의 내용이 그가 이전에 쓴 작품들의 내용과 크게 다르지 않다는 것은 그의 광기가 갖는 독특한 성격을 시사해준다. 즉, 그에게 광기란 자신의 주관적인 세계를 극단적으로 추구한 결과이며, 말하자면 일종의 각성된 꿈과도 같은 것이라 할 수 있다. 꿈이 진실에 이르는 통로가 될 수 있다는 것은 그 이전의 몇몇 신비주의자들에게서도 나타나는 생각이거니와, 그는 꿈을 통해 삶의 숨겨진 의미에 도달할 뿐 아니라, 꿈을 지배함으로써 삶을 완성하고 구원에 이르고자 하는, 실로 엄청난 기도企圖를 수행하는 것이다.

『불의 딸들』의 「서문」에서 다음과 같은 대목은 그에게 『오렐리아』가 어떤 작품이었던가를 잘 보여준다. "내가 나 자신의 이야기를 쓰고 있다는 것을 확신하게 되자, 나는 내 모든 꿈들을, 내 모든 느낌들을 글로 옮기기 시작했으며, 나를 내 운명의 밤 속에 홀로 버려두고 달아난 저 별에 대한 사랑에 측은한 심정이 들었습니다. 나는 울었고, 내 잠의 헛된 영상들에 전율했습니다. 그러다가 내 지옥 속으로 한 줄기 신적인 광명이 비쳐들었으니, 괴물들에 에워싸여 캄캄한 싸움을 벌이던 나는 비로소 아리아드네의 실을 찾았고, 그

때부터 내 모든 꿈은 천국과도 같은 것이 되었습니다. 언젠가 나는 이 '하계 여행'의 이야기를 쓰려 합니다. 당신은 그것이 이성에는 어긋날지언정 전혀 논리가 없는 것은 아님을 알게 될 것입니다."

『오렐리아』는 분명 광기의 기록이지만, 그것을 단순한 광기의 기록으로만 읽어서는 작품의 진의를 이해할 수 없다. "이성raison에는 어긋날지언정 전혀 논리raisonnement가 없는 것은 아닌" 이 작품에서, 그는 죽은 오렐리아를 구원의 여신으로 이상화하고, 꿈이 보여주는 환상들을 통해 영혼의 불멸과 내세에서의 재회에 대한 믿음을 얻으려 하며, 그러기 위해 치열한 "논리"를 펼쳐나간다. 10년의 세월을 뛰어넘어 이어지는 몽환 속에서 "아리아드네의 실"을 발견했다고 믿는 그는, 더 이상 꿈과 현실이 분간되지 않는 체험의 한복판에서 구원의 단서들을 찾으려 하는 것이다. 그리하여 그가 겪는 모든 일은 숨은 의미로 충일한 것이 되며, 보이는 세계는 보이지 않는 세계와 은밀한 조응을 교환하는 것이 된다. 이런 만물 조응에 대한 믿음이야말로 신비주의의 터전이거니와, 어린 시절 외종조부의 서재에서 신비주의 서적들을 탐독하기 시작한 이래 꾸준히 그 방면을 탐구해왔던 네르발은 오렐리아와 다시 만날 불멸의 세계에 대한 확신에 이르기 위해 그런 비의적 지식들에 의지하려 한다.

그러나 오렐리아가 그리스도교도로 죽었다는 사실은

그에게 그리스도교로의 복귀를 요구하며, 『오렐리아』의 제2부에서 그는 그리스도교와 비의적 전통들을 넘나들며 신과의 화해를 위해 분투하게 된다. 그는 이렇게 고백한다. "내가 처해 있던 정신 상태가 그저 사랑의 추억 때문이라고 주장하는 것은 지나친 교만이다. 무심결에나마, 나는 어리석게 탕진해버린 삶에 대한 보다 중대한 회한을 사랑의 추억으로 치장하고 있었다는 편이 옳을 터이니, 내 지나간 삶에서는 자주 악이 승리했고, 나는 불행의 타격들을 느끼고서야 비로소 과오들을 인정했던 것이다"(171~172쪽). 이 통렬한 고백에 이어, 그는 신의 용서를 받기 위해 자신의 '죄'를 보상해야 한다는 강박관념에 사로잡히게 되며, 그리하여 『오렐리아』 제2부는 자신도 잘 알 수 없는 그 어떤 죄를 깨닫고 그에 대해 속죄하려는 시도들로 점철된다. 참으로 '인간적인, 너무나 인간적인' 싸움이라 하지 않을 수 없다.

마침내 그는 작품 말미의 「추상기Mémorables」에서 그리스도교와 온갖 이교들 및 비의적 전통과의 장엄한 합일을 노래하게 된다. 오렐리아가 궁극적 지혜의 여신으로 변모하며, 그리스도의 승리가 이교의 신들과 사탄까지 구원하게 된다는 식의 결론은 물론 정통 그리스도교의 교의와는 동떨어진 것이지만, 최소한 그가 자신의 상상 세계 안에서는 싸움을 승리로 이끌었음을 부인할 수 없다. 그러나 그 승리는 과연 결정적이었던 것일까?

1854년이 저물어갈 무렵 그는 집 없이 떠도는 신세가 되었고, 한겨울 추위 속에서 얇은 옷차림에 무일푼인 채로 친구들의 집을 전전하다가, 밤사이 추위가 영하 18도까지 내려갔던 1855년 1월 26일 새벽 비에이유 랑테른Vieille-Lanterne가의 누추한 골목에서 목을 맨 시체로 발견되었다. 주머니에는 미처 마치지 못한 『오렐리아』 제2부의 교정쇄가 들어 있었다고 한다. 타살이라는 설도 있었으나, 자살이라는 것이 경찰의 결론이었다. 하지만 그의 자살이 「추상기」에서 선포했던 승리의 이면에 있던 절망의 고백인지, 아니면 혹자가 주장하듯이 신비적 예식으로서의 죽음인지는 알 길이 없다. 주치의였던 블랑슈 의사가 파리 주교에게 그의 자살은 어디까지나 광기의 발작에 의한 것임을 증언한 결과, 유해는 노트르담 성당에서 종교적 예식을 치른 뒤 페르 라셰즈 묘지에 안장되었다.

47년의 생애에서, 젊은 나이에 맞은 파산 이후 20년 가까이 글 쓰는 일을 고단한 생업으로 삼아야 했던 그이지만, 『동방 기행Le Voyage en Orient』『계명주의자들Les Illuminés』「실비」『보헤미아의 작은 성들Petits châteaux de Bohème』『불의 딸들』『환상시집Les Chimères』『오렐리아』 등 그의 주요 작품으로 꼽히는 것들은 모두 마지막 몇 년 동안에 쓰였다. 허물어져가는 삶을 붙들기 위해 글을 쓰는 것밖에는 달리 방도가 없었던 그는 필사적인 노력으로 글쓰기에 매진했던 것이다.

이 마지막 작품 중에서도 특히 자전적 색채가 짙은 「실비」
와 『오렐리아』는 암운처럼 덮여오는 광기와 죽음에 맞서,
작가로서 또 한 인간으로서, 그가 끝까지 지켜내려 했던 가
장 소중한 진실의 기록이라 할 만하다.

　네르발은 그 진가를 인정받기까지 오랜 세월이 걸린 작
가들 중 한 사람이다. 불우한 죽음 뒤에 그는 뛰어난 번역
가, 두루 환영받았던 신문 기고가, 극작가, 여행기 작가 그
리고 「실비」와 같은 '목가적인' 작품의 작가로 추모되기는
하였으나, 막상 이렇다 할 대작 한 편 남기지 못한 그에게서
그 이상의 재능을 알아보는 이는 없었고, 그래서 그는 곧 대
중으로부터 잊힌 군소 작가들의 무리에 끼게 되었다. 19세
기 말에서 20세기 초에 쓰인 문학사에서, 그의 이름은 아예
누락되거나 주석에서 간단히 언급되는 것이 고작이었다.
　그나마 네르발이 망각에서 건져진 것은 제1차 세계대
전을 전후한 우익 국수주의 덕분이었다. 「실비」는 프랑스
왕가의 요람지인 발루아 지방에 뿌리박은, 그야말로 '프랑
스적'인 목가로 평가되었고, 네르발은 향토적이고 국민적인
작가로 높이 칭송되었다. 하지만 이처럼 '경향성'을 띤 시각
으로는 극히 일부 작품밖에 수용할 수 없었고, 『오렐리아』
나 『환상시집』처럼 비의秘義적이고 난해한 작품들에 대해서
는 여전한 몰이해가 계속되었다.

물론, 그러한 견해의 부당성을 지적하는 평자도 없지 않았다. 마르셀 프루스트는 그릇된 명성이 오히려 네르발의 진정한 이해에 방해가 된다고 반박하면서, 「실비」와 같이 섬세하고 '투명한' 작품뿐 아니라 비의적인 작품들도 그의 일관된 작품 세계를 이루는 것임을 지적하였다. 그런가 하면 기욤 아폴리네르는 네르발에 대해 마치 형제와도 같은 애정을 느낀다고 고백하였고, 뒤이어 초현실주의 시인들은 일찍이 그가 '초자연주의surnaturalisme'라는 말을 썼던 것을 상기시키며 자신들의 시적 탐구와 그의 비의적인 모험이 깊이 상통하는 것임을 천명하였다.

이 같은 직관적 통찰들이 구체화되면서 네르발의 작품 세계 전모에 대한 본격적인 이해가 생겨나는 것은 제2차 세계대전을 전후해서다. 알베르 베갱Albert Béguin은 그의 유명한 저서 『낭만적 심혼心魂과 꿈 L'Ame romantique et le rêve』에서 낭만주의는 단순히 감정이나 표현의 문제가 아니라 형이상학적이고 신비적인 탐색이라고 정의하면서, 독일 낭만주의에 의해 구현된 이러한 심혼이 프랑스 낭만주의에서는 눈에 띄지 않는 저류로만 흐르다가 훗날 상징주의 시인들에 이르러서야 큰 줄기를 이루며 나타났다고 보았다. 그리고 그러한 선구적 예로서 네르발을 위시한 몇몇 시인들을 꼽았던 것이다. 이러한 시각은 그에 대한 새로운 연구의 출발점이 되었고, 이후로 프랑스 문학사에서 네르발은 독일의 노발리스, 영국의 블레이크 등에 비견되는, 독특한 위치를 차지하게 되었다.

이 책에는 일찍부터 네르발의 대표작으로 널리 읽힌 「실비」와, 그의 비의적 세계를 보여주는 또 하나의 대표작 『오렐리아』를 함께 실었다. 「실비」가 겉보기만큼 단순하거나 '투명'하지 않다는 것, 『오렐리아』가 그저 광기의 두서없는 기록이 아니라는 것을 발견하면서, 그리하여 두 작품을 이어주는 깊은 일관성을 감지하면서, 독자는 네르발의 세계에 한 걸음 들어서게 될 것이다.

옮긴이에게 네르발은 프랑스 문학을 공부하면서 최초로 매혹되었던 작가이다. 그 후로 전공 분야가 바뀌기는 했지만, 그의 작품들이 남긴 감명은 늘 소중한 기억으로 남아있었다. 그의 작품들을 번역하게 된 것은 기쁜 일이었다. 더욱이 첫 출간 후 20여 년의 세월이 지난 후에 미흡했던 번역을 다시 손질할 기회를 얻게 된 것을 감사하게 생각한다.

# 작가 연보

1808   5월 22일 파리, 생 마르탱가 96번지(현재는 168번 지)에서, 의사 에티엔 라브뤼니와 마리 마르그리트 앙투아네트 로랑의 아들로, 제라르 드 라브뤼니 출생.

1809   에티엔 라브뤼니, 나폴레옹의 독일 군대에 군의관 으로 종군.

1810   11월 29일 마담 라브뤼니, 25세를 일기로 사망. 그 로스 글로가우에 있는 폴란드 가톨릭 묘지에 안장 됨. 제라르는 모르트퐁텐에 있는 어머니의 외숙부 앙투안 부셰의 집에서 살게 됨.

1814   에티엔 라브뤼니 귀국. 파리, 생 마르탱가 72번지에 정착.

1815   5월 20일 에티엔 라브뤼니 퇴역. 이후 부인과 병원 을 개업.

1820   제라르, 파리의 샤를마뉴 중학교에 입학. 테오필 고티에와의 우정이 시작됨. 5월 30일 앙투안 부셰

사망.

1826 초기 작품들 발표. 『국민 비가 *Élégies nationales*』 『학술
원 또는 찾을 수 없는 회원들 *L'Académie ou les membres
introuvables*』 등.

1826~27 괴테의 『파우스트』 번역.

1828 『파우스트』 번역 출간.

1828~30 인쇄소, 공증 사무소 등에서 견습.

1828 빅토르 위고를 위시한 문인들에게 소개됨.
8월 8일 외조모 마르그리트-빅투아르 로랑(혼전명
부셰) 사망.

1829 최초의 극작 시도로 빅토르 위고의 『아이슬란드의
한 *Han d'Islande*』 각색. 상연되지는 못함.

1829~30 뷔르거, 실러, 쾨르너, 울란트, 장-폴(리히터) 등 독
일 시인들의 시 번역 발표.

1830 2월 25일 고티에 등과 함께 에르나니 사건에 가담.
『롱사르 시선 *Choix de poésies de P. de Ronsard*』과 『독일
시선 *Poésies allemandes. Klopstock, Goethe, etc.*』 출간.

1830 젊은 문학도 및 화가들과 함께 젊은 낭만주의자들
의 동아리 프티 세나클 Petit Cénacle 결성.

1831 희곡 「바보들의 왕자 Le Prince des sots」가 오데옹 극
장에 받아들여지기는 하나 상연되지 못함.

1832~34 의학 공부.

1833 4월 25일 제니 콜롱이 바리에테 극장에 출연하기
시작.

1834 1월 19일 외조부 피에르–샤를 로랑 사망. 3만 프랑
상당의 유산 상속.

9~11월 프랑스 남부, 이탈리아(피렌체, 로마, 나폴
리 등) 여행. 이 여행을 전후하여(혹은 1833년부터)
제니를 보았던 것으로 추측됨.

11월 말 파리로 돌아옴.

1835 앵파스 뒤 두아예네Impasse du Doyenné(현재의 카루
젤 광장 자리에 남아 있던 고옥 지구)에 정착. 화가
및 문인 친구들과 함께 보헤미안 시절 시작.

5월 『연극 세계Monde dramatique』 창간.

1836 5~6월 『연극 세계』 처분. 두아예네 시절 청산. 경제
적 필요에서 『르 피가로Le Figaro』지에 기고. 이후
세상을 떠나기까지 『1830년의 헌장(라 샤르트)La
Charte de 1830』 『라 프레스La Presse』를 위시한 10여
종의 지면에 기고(이후 반생 동안 그의 생업이 된
이 글쓰기에 대해서는 연보에 일일이 수록하지 않
기로 한다. 그러므로 신문이나 잡지에 발표되었던
작품에 대해서는 단행본으로 출간된 시기만을 밝힌
다).

6~9월 고티에와 함께 벨기에 여행. 「피키요Piquillo」

초고 완성.

1837    10월 31일 오페라 코미크 극장에서 네르발과 알렉상드르 뒤마의 합작으로, 그러나 뒤마의 이름으로 발표된 「피키요」 초연. 제니 콜롱이 여주인공으로 출연. 네르발은 아마도 이 작품이 성공한 뒤에야 제니 앞에 나타났던 것으로 추측됨.

1838    4월 11일 제니 콜롱이 오페라 코미크의 플루트 연주자인 루이 리-가브리엘 르플뤼스와 결혼.

여름에 뒤마와 함께 독일 여행. 각기 여행기를 쓰는 것 외에, 이름을 번갈아 발표하기로 하고 「레오 부르카르트Léo Burckart」와 「연금술사L'Alchimiste」를 합작.

1839    4월 10일 르네상스 극장에서 뒤마의 이름으로 「연금술사」 초연.

4월 16일 포르트 생마르탱 극장에서 네르발의 이름으로 「레오 부르카르트」 초연.

두 작품 모두 실패하면서 침체, 경제적 어려움. 검열로 인한 연극 상연 지체와 그에 따른 손해를 빌미로 하여, 독일 및 오스트리아의 언론에 대해 내무성과 문부성에 보고하는 것을 임무로 하는 오스트리아 파견직을 얻음.

10월 31일 출발. 스위스를 경유하여, 11월 10일에 빈 도착. 빈에서 겨울을 보내게 됨. 피아니스트로 명성이 높던 마리 플레옐을 만남.

1840　3월 귀국.『파우스트 제2부』번역 출간.

10월 벨기에 여행.

12월 15일 브뤼셀에서「피키요」상연. 제니 콜롱과 마리 플레옐의 만남. 마리 플레옐의 중재로 제니 콜롱과 재회. 같은 날, 런던에서 마담 드 풔셰르(「실비」에 등장하는 아드리엔의 모델) 사망.

1841　2월 21일 혹은 23일 첫 정신병 발작.

3월 1일『데바』지에 '네르발의 정신'을 추모하는 자냉Jules Janin의 글이 실림.

3월 21일 몽마르트르에 있는 블랑슈 의사의 요양원으로 옮겨짐. 이곳에서 11월 21일까지 머무름.

1842　6월 5일 파리에서 제니 콜롱 사망.

12월 23일경 파리에서 출발. 리옹을 거쳐 28일에 마르세유에 도착.

1843　1월 1일 몰타로 가는 '멘토르Mentor'호에 승선. 몰타, 이집트, 시리아, 키프로스, 콘스탄티노플, 나폴리 등지를 여행.

12월 5일 마르세유에 도착.

1844　1월 파리로 돌아옴. 동방 여행기를 써서 확고한 문학적 명성을 이룩하기를 희망했으나, 이후 10년 가

까운 기간에 걸쳐 여러 잡지에 단편적으로 기고,
1851년에야 결정본을 내게 됨.

9월 아르센 우세Arsène Houssaye와 함께 벨기에와 네
덜란드를 여행.

1845   8월 런던에서 일주일 체류.

1846   파리와 발루아 지방에서의 '산책'이 시작됨.

7월 2일 여권을 발급받음. 영국 여행(?).

1847   12월 지중해 지방의 여행기를 쓰기로 계약. 그러나
1848년의 혁명으로 인해 계획 취소.

1848   『동방 생활의 장면들, 카이로의 여인들Scènes de la vie
orientale. Les Femmes du Caire』출간.

『하인리히 하이네 시집Poésies de Henri Heine』번역 출
간.

「몬테네그로 사람들Les Monténégrins」완성.

1849   3월 31일 오페라 코미크 극장에서「몬테네그로 사
람들」초연.

4월 정신병 재발로 치료받음.

5~6월 고티에와 함께 런던 여행.

1850   『라마잔의 밤Les Nuits du Ramazan』출간.

『동방 생활의 장면들, 리비아의 여인들Scènes de la vie
orientale. Les Femmes du Liban』출간.

5월 13일 인도 왕 수드라카의 이야기를 메리Méry

와 함께 공동 개작한 「어린이의 짐마차Le Chariot d'enfant」 오데옹 극장에서 초연.

6월 정신병 치료를 받음.

8~9월 독일 여행.

11월 20일 생 토마 뒤 루브르가의 집이 헐리게 되어 퇴거 명령을 받음.

1851    『동방 기행』 결정본 출간.

9월 24일 계단에서 떨어져 가슴과 무릎을 다침. 11월 말까지, 아마도 파시에 있는 블랑슈 의사의 요양원 에 머물렀던 것으로 추측됨.

12월 27일 희곡 「할렘의 화상 또는 인쇄술의 발명 L'Imagier de Harlem ou La Découverte de l'Imprimerie」 초연.

1852    연초에 단독丹毒 증상으로 친구 스타들레르Stadler 의 집에서 지냈고, 1월 23일~2월 13일에는 같은 이 유로 시립 요양원에 입원.

5월 네덜란드 여행. 우세가 동행했던 것으로 추측 됨.

8월 발루아 여행.

이해에 『라 보엠 갈랑트La Bohême galante』『로렐라 이, 독일의 추억Lorély, Souvenirs d'Allemagne』『계명주 의자들』『10월의 밤Les Nuits d'octobre』 등을 발표.

연말에는 극도의 빈궁에 빠져 문부성에 구조 요청.

1853  연초에 「실비」에 착수.

2월 6일~3월 27일 시립 요양원에 입원.

여름에 발루아 여행.

8월 15일 『르뷔 데 되 몽드Revue des Deux Mondes』에 「실비」 발표.

8월 발작. 파시에 있는 블랑슈 의사의 요양원에 입원.

12월 10일 『르 무스크테르Le Mousquetaire』지에 「엘 데스디차도El Desdichado」를 소개하는 뒤마의 기사 게재.

『보헤미아의 작은 성들Petits Châteaux de Bohême』 『콩트와 해학Contes et Facéties』 출간.

『불의 딸들』 원고 정리 작업. 『오렐리아』 집필 시작. 전부터 간간이 자신의 광기에 대한 단편적 기록을 해오기는 했으나, 확실한 의도를 가지고 집필을 시작한 것은 이때부터로 추정됨.

1854  3월 친구들의 주선으로 동방으로 공식 파견되는 임무를 얻게 되나, 병세 악화로 실현되지 못함.

『불의 딸들』 『환상시집Les Chimères』 출간.

5~7월 블랑슈 의사의 요양원에서 나와 곧바로 독일 여행. 아마도 글로가우에 있는 어머니의 묘를 찾아간 다음에, 심각한 발작을 일으킴.

8월 블랑슈 의사의 요양원으로 돌아감.『오렐리아』
집필.

10월 문인 협회의 중재로 퇴원. 정한 거처가 없음.

1855  무일푼으로 방랑.

1월 26일 새벽 비에이유 랑테른가에서 목을 맨 시
체로 발견됨.